福井廢藩秘話

Unknown episodes talking about the abolition of Fukui clan.

憂い顔のグリフィス先生

Mr. Griffis, whose face sighs into deep grief

Love me long

目次

主要登場人物

グリフィス　米国の教育者、キリスト教牧師。福井藩で理化学教師となる。
岩淵竜太郎　佐倉藩士。グリフィスの通詞。
中村禄三郎　福井藩士。グリフィスの警護役。
日下部太郎　福井藩士。渡米しラトガース大学で学び、卒業目前に病死。
松平春嶽　福井藩主。文中では大殿。
松平茂昭　福井藩主。廃藩により福井を去る。
村田氏寿　福井藩士。福井藩の教育の大参事。洋学教育を推進。
橋本左内　福井藩士。幕政改革を唱えたが、安政の大獄で獄死。
三岡八郎　福井藩士。安政の大獄で帰藩。のちの由利公正。
ルーシ（ルセー）　日本で最初のお雇い外国人。
橋本綱維　福井藩医。グリフィスの友人。左内の弟。
佐々木長淳　福井藩士。グリフィスの友人。藩命により渡米、武器類を買い付けた。
横井左平太　グリフィスの友人。横井小楠の甥。
里和　グリフィスの世話人。当時十八歳の女性。原文では「オルゥイワ」。

第一章　クサカベのふるさと

（一）

ミカドに日本の政治が移って四年目のことである。

早春の三月二日の朝、私たちは申し分のないほどに身支度を整えて、目的地を目指した。ツリンガ（敦賀）の町を発ったのだ。

二年前に日本はすでに計画を立て、太平洋側の二つの都を鉄道で結び、この敦賀の湊も琵琶湖の沿岸の町との鉄道を最初に敷設する見込になっていた。

一泊だけ過したこの未来のありそうな町、交易の期待のもてる港を背にして、僕たちは東へと進みはじめた。

敦賀の港は盆地状に囲まれており、動き出すと直ぐに谷にぶつかった。上り坂の細道の両脇は雪に覆われている。

エチゼン（越前）の国を南北に隔てている山脈、その向こう側にある有名な宿場は、十四マイル先である。彼らは五里半と言っている。

一昨日は静かな湖を渡った。そして昨日は近江と越前の国境の山と谷を越えてきた。今朝は急に地形や気象が峻険さを現わしはじめたことに気づいた。

「海の様子も山の景色も、昨日までとはまるで違います」

僕が旅人の気持ちを率直に口にした。

「休みながら無理のないよう特別に参ります、グリフィスさん」

イワボッチは、やや誤解をした応答をし、

「もう真冬ではありません、でもこの旅で最も厳しい雪の峠越えですよ」

と昨晩と同じセンテンスを、流暢な英語で再び言った。しかし彼だってこの旅は初めてなのである。

通詞役の岩淵竜太郎は、新しく創られたばかりの帝国大学の通訳者たちの中から福井藩が人選をしたのだ。ありがたいことに彼はこの風変わりな仕事を引き受けてくれたのだ。

僕にとって一番大事な人物は良い通訳であり、舌は右腕以上に物を言うからだ。

井伊直弼《なおすけ》が調印を断行した日米修好通商条約を批准するため、侍たちを僕の国に派遣した万延元年（一八六〇）遣米使節の随員、立石為八《たていしためはち》、彼は陽気な若者でフィラデルフィアでは女性たちの人気者で、トミーと呼ばれていたことを覚えている。

越前の人たちの判断で、江戸（東京）にいたこの男に最初の白羽の矢が立った。しかし彼は都会での昇進を望み、この話に応じなかったということだ。もし社交家のトミーが通詞であったら、もっと面白い旅となったかもしれないが、僕にとって有益な人物だったかは保証の限りでない。

ただこの話は、別の暗示を僕に与えてくれた。

僕自身もひょっとして福井藩にとって最初に期待された候補者でなかったかもしれないということだ。自分だけから物を見て独り善りにならぬように、との警告になるのである。僕はこんな自問自答にふけって、やがて我に返った。

「ともかく峠を越えなければ、目的地には辿りつけない」

こう決意して重く見える空を眺めるのだが、季節の雲は絶え間なく次々と変化する。時おり雲は隙間を生じさせ、そこから差し込む朝の光が、敦賀の海と半島の一部の色を明るくしている。

円形の三分の二のような形をした湾の岸辺には、十艘ほどの柱をもった船が繋がれている。海はまるで陸地であるかのように、僕の不安な眼には微動だにしない。奥まった湾を形づくる突き出た西側の半島は、上部が寒々と雪に覆われている。僕たちが越えなければならないもう一方の東浦の道は、海に落ち込むようになっており、この方向が僕たちの目ざす東側の山塊をたどるルートなのである。

江戸からともに旅をして来た八人のグループと、厳しい峠越のために福井藩の指図で新たに応援に加わった四十人余りの兵士と人夫たちが、秩序をなして一列になって進んで行く。ある者は僕のブランケット（毛布）と手提げかばんを、またある者は燈油の缶を運び、重い荷物は竿に吊るし二人して肩に架ける。

エチゼングツという名の深い藁沓《わらぐつ》の道具のおかげで、外側は濡れても足は暖かい。しかし雪の山道は全くの初めてである。大した距離も歩かぬうちに早くも息が切れてきた。谷にさしかかっただけで、山道にはまだ行き着いていないのである。

予想以上の時間を要して山麓の坂を少しずつ上り、村を一つ過ぎた。ようやく葉原《はばら》という平坦になった地形に位置する大きな村落で休憩《きゅうけい》をとることになった。

道のりが地図に比べて長く感じられだした。先が思いやられた。

この村の先からはいよいよ本格的な上りの山道になるという。一歩ずつ靴の底に力を入れて身を運んだ。僕以外の一行は食料と道具を負って急な坂を登っていくのだ。

さいわい途中に新保《しんぼ》という村落があって、そこで少し長い休みをとることになった。

ここでは日本人が得意な休憩の趣味に期待するほかない。彼らはゆっくり楽しみながら足を動かし、最後には目的を遂げる人たちだ。

小さな民家が連なっていて、面白いことにどの庭にも目印のように落葉の高い木が一本ずつ植えてある。葉はないが、実の残りのようなものが付いている。この僕の発見について岩淵に理由を尋ねてもらった。この樹木には、秋に食べることのできる小さな堅い甘い実が沢山なるそうだ。

新保村で陣屋といわれる一番大きな建物に案内され、かなりの人数が入れる広間に腰を下ろした。

「昼餉《ひるげ》を摂れ」

という声があって、やや遅い昼食をすることになった。

携帯の弁当、椎茸、干ぜんまい、焼鳥、豆腐を食した。

「きのう話した水戸の天狗党八百人あまりが、雪の中で包囲されて投降したのがこの場所ですよ」

岩淵は、女性のように優しいいつもの丁寧な言い回しだ。

「ミカドにプロテストしようとした勇気ある人たちです」

僕は昨晩教えられた言葉を、僕なりに力強い表現で言い換えた。

信じられぬことだが七年前のこと、血気盛んな天狗党は太平洋を臨んだ水戸藩で挙兵し、日本の背骨のような山脈をひたすら選んで四百マイルもの道を行軍した。そして日本海を臨む真冬のこの地にたどり着いたのだ。しかも彼らには試練ばかりが襲い、希望は待っていなかったのである。京に近い敦賀の町を目前にして、この坂の村で包囲軍の説得に応じて武装を解除したのである。

この話はおもにナカムラが物語ってくれたのだ。

護衛をしてくれている藩士の彼は中村禄三郎という。彼は福井城下の最も外郭の小桜門という所の新屋敷の一隅に住んでいると教えてくれた。耳馴れない柔らかな地名の響きは、僕がこれから赴く城下町に対する憧れを感じさせた。このナカムラは三年前の伏見の内乱で幕府側に加わって実際に戦った男である。

現実の僕といえば、日本の奥地の福井の町を目指し、江戸から三百三十マイル、途中は海の船道を選んで、天狗党の彼らとは全く違った旅をしている。

死の旅に終わった一途な天狗勢の志士たちに比べて、僕の旅はどれほどに切実と言えるのであろうか。日本に来て、江戸からこの福井までの十二日間の旅も、あとわずかである。

僕は若いのだが、知らず知らずのうちに疲れがきている。

再び一隊は動きだした。護衛の中村が僕の前を歩く。

雪の中に突如生まれたキノコの行列のように、笠を被り蓑《みの》を負った何十人もの人たちが、仕事の目的を与えられて行進している。しかも一人ひとりが魂をもって使命を果たしている。僕のあの時の決意が、こうして福井の人たちを動かす神のごとき原因となっているのである。

僕はなぜか空恐しく感じて、あらためて同行の仲間たちの姿を眺めた。

しかし彼らの表情は、いつも思い思いに頓着なく休んだり、楽しんだりしているとしか見えない。煙草をよくふかし、茶を飲んで憩う。彼らは目の前に提供された任務を新鮮な気持で実行しようとしている。彼らにとっては現在が相手であり、時間は金なんぞでは決してなく、価値もないものなのだ。神の思召しにより下僕《しもべ》の僕たちはすべて動かされている、こうでも考えないと心が落ち着かない——。

僕たちが辿っている道——この千年余りの間に、多くの聖人や従者たち、時には大きな野心を抱いた武将や兵士の集団、吟遊の詩人たちが往還した道——そうした街道だというのに、日本の不思議さというか幅はわずか五フィートほどしかない。しかも急勾配が続く。

「体調がお悪ければ遠慮なく申し付け下さい。背負わせますから」

後ろから岩淵が、例のやさしい声を掛けてくる。

「インチを得てヤードを望むなかれ、お断りです」

僕は元気を出して岩淵に答えてやった。

なぜなら、僕だけが手に物を持たず背に負うこともなく、物理的な義務から免れており、腰に武器を挟むことをしていないからだ。

岩淵は、おんぶすれば次はだっこ、というような日本の諺《ことわざ》を言って、おどけた顔をしてみせた。

彼は刀を一本しか差していない。髪も外国式に長く刈っている。

途中、勾配が緩んだ場所に出た。一隊は無言なままで暫《しばら》く停止し小休した。荷の按配を確かめている。こんな登攀《とうはん》の行程を何度か繰り返すうち、次第に私の脇腹は重くなり、だんだん胸が苦しく、かつ辛くなってきた。

峠の頂上に着いたのかと思うとまだ途中なのだ。また歩きはじめ、その先にさらに折れ曲がった雪の坂が幾《いく》つも待っていた。

鳥も草も見えない。色彩のないまばらな樹木と積雪との単調な風景は、行軍の距離や時間の感覚をあやふやにして、僕の体内のエネルギーとの関係を分からなくした。

一休みしてはくれないかと期待をしたが、もうそのつもりがないらしい。一隊は行程が決まっているかのように、歩みをむしろ早めた。頂上が近付いているからだろうかと楽観に解釈してみた。僕の前が少しあいた。

オヤトイ外国人が日本人の隊列の中で遅れるようではとても駄目だと、大きく深呼吸をして、ともかくもついて行った。

風が強くなってきた。その風の中に軽々と吹かれる小雪の空間が現れ、間もなくひらひら大きく落ちて行く雪片に変わっていった。

横浜の美しく舗装された広路はもうここにはない。蒸気船オレゴニアン号の上で船酔いに悩まされた日はもうとうの昔である。城と素晴らしい料亭、華やかな芸者がいた大阪もまた遥か彼方だ。つまらぬことを想い出すな。

声が聞こえた。

振り向いて中村が発する言葉を、後ろから岩淵が英語に直してくれた。声が明るい。

「あの先の松の木立が集まっているところが峠です」

「キノメチャヤ」

僕は彼らが言ったこの木ノ芽茶屋というの峠の名前を、息を切らしながら口に出した。

ようやくにして、赤い幹の彼らがメマツと言っている樹木にかこまれた関所のような構えの門組みをくぐった。

中村が番所の人たちにわれわれ一行のことを告げて手続きをしていた。

低い灰色の雲にかこまれ視界はよくない。左手に小高い山塊があるようだ。

（二）

峠の茶をもう一度飲む。

「切り上げよ」

しばらく休憩をとったところで、鋭い声が掛かった。

これからは下りの雪道のはずだ。ゆるく左に曲がる坂道を下りはじめた。

もう雪は止んでいた。目に眩《まぶ》しい雪の積もった斜面には、点を三角形のように結んだ兎の形の足跡が伸びて見える。

急な下り坂が続き、道は左や右に折れる。複雑に雪も積み残っていて足が滑るのである。歩幅が短くなる。下りの道の方が油断がならず、全く楽ではない。

「ご覧なさい、コウノトリだ」

中村が一文字笠の庇をあげ、打裂《ぶっさき》羽織の袖から腕と骨張った長い指を伸ばして、短い英語の動詞を発して言った。

大きな白い翼をもち、羽根の端が着物の黒い縞のような白色の鳥は、あたりの雪の風景から生まれ出たように見えた。二度ほど波を打つように低く長く滑空《かっくう》してそのまま五十ロッド（二百五十メートル）ほど先の陰に消えた。

注意を払い凝視つづけて辿って下りてきた足元の傾斜が、次第に緩やかとなり、真っ直ぐな道になってきた。

番所を一つ過ぎて、細い谷川と冬の株の残った田んぼが現われ、その先に村が見えた。

ここで一休みをし、旅装を整えることにした。

小家に足を踏み入れると、この辺りでは有名な猟師の家らしく、頭に牙のある大きな獣の三頭の死骸が、無造作に床の上に放り出してある。

この冬に仕止めたイノシシはこれで百と十三頭だ、と猟師が細かく数字を挙げて豪語する。猟師が示す槍の先端には、三角形の笹の形をした銃剣のような恐ろしい刃がついていた。同行の兵士たちが、雪の山中でのイノシシ猟の成功の仕方をあれこれ尋ねる。僕の方は岩淵の通訳を聞きながら、なぜ猟師がこのような大きな数を言うのだろうか、この勇ましい手柄話には少し塩を振らなければならない（話半分に聞かねばならない）のではないかと感じた。

猟師の説明では、イノシシは雪の深い季節には、天候が良くなると山の奥まった栖《すみか》から出てくる習性がある。そこで遠巻きをして、山頂の高い方からイノシシを追い落として下で待ち構え、目の前にある猪突槍《ししつきやり》で突きかかる。獣は短足だから雪の中では行動が鈍く、猟は簡単であり、一挙に何頭も獲れるのだと返事する。穂先に一フィートほどの刀がついて、全体が十フィートほどの長さの槍なのである。

（三）

山路を越える旅も、もうそれから後は休むことなく、山ぎわに寄った道を急ぎ、次の村を通過した。正面の山に向かって左右の谷が開けてきた。

「イマジョ（今庄）が見えてきますよ」

僕にはまだ何も見えなかった。

北へと左曲する道が宿の方向だ。

宿場の通りに入る。

街道は防備のためか、幾つか矩折《かねおり》に直角近く屈曲する場所があり、すっかりは見通せないのだが、進んでいくうちに、宿場の両側は長く続き、何十軒もの沢山の旅館や茶屋や酒屋などが続いていることが知れた。

ほとんどの家屋は、厳しい冬とはおよそ似つかわしくない造作である。一軒一軒がロビンソン・クルーソウの物語を連想させた。

木の枠に竹を編んで泥を塗りつけて造られた実に粗末な建物であり、藁葺の屋根が戴っかっただけの小家である。床が地面から一フィート以上高くして畳が敷いてあり、木の枠に紙を張ったものによって部屋を仕切るようだ。

福井藩が予め先触れをして、礼儀を尽くすよう手をまわしてくれたのだろう、宿場の人たちは家の前に出て我々を迎える。

宿場の通りに並ぶ人たちは、年寄りが多く、誰もが色黒く背も低くて、形容しがたい姿である。だが若者たちの顔はそれほど田舎じみていない。

見物人はぼんやりとした顔を僕たちに向け、敵対心は感じられないのだが、特段に歓迎してくれる様子でもない。

僕は片目の犬になったウルフの首に手をやった。この犬にはもう一つ名前があってサイクロプスという。ある時に、大名の従者から離れてしまい、僕らにずっと横浜から連れだってきた犬だ。ところが、この哀れな黒い犬は、道中で外国人嫌いの百姓に草刈鎌で攻撃され、眼を切られたのだ。ウルフは優しい奴で、残りの丸い眼に一杯の愛情を湛《たた》えて僕を見上げる。

首が伸びて背の高い一人の娘に視線が行った。

晴れ着らしきものを身につけ、頭の上に髪を束ねている。男の子の肩に手をおいて僕たちの行列を眺めている。目をやったが視線は合わせない。

このところ日々に出会う多くの人たちの中から、記念に一人の女性を選び、一日のことを想い返すことにしている。

今日の女性は宿場のこの娘にすることに決めた――。


谷に囲まれた宿場は日がかげりはじめていた。街道の中ほどの宿所は立派であり、正面の左手に古い門を構えている。道をへだてた向い側の宿や店舗も人が出入りしていて、かなり大きい。

長い玄関の横木に腰を下し藁沓を脱いだ。

よく肥えて湯気の出るような娘が、桶と手拭いを持って傍にやってきた。温かい手拭いで僕の脚を拭いてくれる。この藩のもてなしにひどく驚かされた。

玄関の廊下に上り、奥の広間に案内された。

囲炉裏があり火が赤く燃えている。つながっている各部屋を沢山の人が忙しく動き、人々を見ているだけで面白く熱気が感じられる。

暖かい火の前に案内され、先ほどの女が瓶を持ってやってきた。湯呑みに何やら濃紅の液体を注ぎお湯で薄めてふるまってくれた。夏に熟れるウメという実から作るという。

ほのかな酸味のエキスが口の中に広がり、冷え切った体を暖めた。

岩淵も愉快そうだ。彼は華奢《きゃしゃ》な体つきをしている。僕よりやや若く二十歳くらい、ともかく柔和な性格の男なのである。

僕が岩淵を気に入っているのは、日本人の言うことを手早くそのまま通訳してくれるからだ。勝手に僕を抜きに日本人と言葉のやりとりを原則しない。要するに僕に手間と疑念をとらせない通詞なのだ。

見事な丸ごとの魚、鹿や猪など獣の肉、鴨や雁の鳥肉、野菜、米、それに酒などの馳走が陶器や漆器に盛り付けられている。かわるがわる酒を勧めてきた。

夕食が一段落した頃、宿の主人が三人の男の子を連れてきた。

一番上の子は僕に対しても物怖じする様子はない。主人は和紙と筆を前に置き、子どものために何か書いてくれと言うのである。

岩淵は眼を鋭くよく動かし、僕がどうするか面白そうに眺めている。岩淵の父は書家であったそうであり、彼も美しい字を書く。

僕はすこし酒を飲み過ぎてしまい、とっさに良い考えも浮ばず、「ＡＢＣＤＥ…」と口に出して、アルファベットを紙に書いて見せた。

後ろに立っている女性は先ほど一緒にいた娘のはずだと思って、詩の一節を書いてやった。詩の説明しようかと思ったが止めた。僕は一番小さな男の子にこの紙を与えた。姉と兄弟たちは紙を眺めてから、部屋を出ていった。

名前を聞くべきだった…。日本の娘たちは良い響きの名前をもっているからだ――。


僕は彼らが用意した部屋に連れてゆかれ、「こたつ」という暖房の道具を教えられた。それは僕が立っている畳の下に深さ数インチ掘り石で四角く内貼りした中に、赤く熱した石炭のような木片を入れ、一フィートの木組みの立方体を置き布団をかぶせた即席の室《むろ》であった。

今夜は本を読み日記も書く。

一日のなすべきことがすべて巧《うま》く片づいた。世の中に役立つようなことは何もしなかったのに、こまごました事が終わって晴々しい気持ちになった。


灯りが消され、暗闇に独りとなった。新しい寝具はかすかな乾いた香りがする。目を閉じても開いてみても、白く濃淡を帯びた幻のようなものが、眼前につぎつぎ動きながら現れ消えてゆく。決して疲れてはいない気持ちなのに、まだ雪の荒野をさまよっている心地がした。

まだ眠っていない自分に気づいた。明日からのことを次々と想像していたのだった。

福井の人たちが、アメリカ人の僕を選び、大事な使命を与えてくれた理由を僕は知っている。彼らの期待に、どれだけの愛をこめて応えることができるであろうか。

東京や横浜で日本人の沸き立つような欲望を見聞した。僕を呼んでくれた日本の奥地の福井藩の人たちは、彼らの志や野心のパワーだけで、果たして地方で彼らの運命を切り開いていけるだろうか。僕の力不足のせいで彼らの希望を打ち砕くことにはならないか不安である。

そうするうちにブルーズな気分になり、さまざまな心配が襲ってきた。誰にも頼ることのできない遠い地にいる旅人の僕。姉や家族のこと、特に気がかりな絶えず足りなく思う手元のお金のこと、これから起こるであろう誘惑やもろもろの想像上の事件が、僕の心を弱く重くした。

（四）

翌朝は、青い空が広がっていた。

どうしたことだろう、明るい陽の光が、これまでの白と灰色の世界から、僕の暗い心を一挙に解き放ってくれた。

いよいよ例のヤコニン（役人）たちの登場だ。

彼らは一隊となって迎えに来た。手には一対のまるで生きているような色彩鮮やかな鴨、そして美しい包装紙に包まれた菓子を携えていた。

大勢の宿場の人たちも早くから集まっており、昨日の娘と兄弟たちもその中にいた。書いて渡した紙をヒラヒラさせているので、僕は手を挙げて挨拶を送り、心に呟いた。

――求めずして得られる親愛のより良きことよ。

長々とした役人たちの儀礼が行われた。

これらの処作が終わるとすぐ動き出すのかと思ったがそうではない。まだヤコニンたちがあちこち動きながら何かを確かめ合っているのである。ようやくにして終わり、出発した。この国の人たちの挨拶や答礼は、あまりに悠長すぎると思うのだが、しかし習慣だからどうにもならない。

川幅いっぱいに青色にミルクを混ぜたような水が、流れ下っている。

雪解けによって流れは滝のようになって前方の山裾にぶつかる。そこから湾曲し回り込んで下流へと落ちてゆく。岩淵の説明から、この川が福井の郊外まで繋がっているのだと分かり、なんだか心愉しくなる。

しばらく行くと緩やかな上り坂になった。

湯尾峠という休憩所らしい。両側は低い山なので峠道は比較的明るい。頂上は見晴らしがよく、今庄の町並みを後方に一望できた。

前方には緩やかな山がある。三年後の契約を終えて帰ってゆく自分を想像してみたが、ずいぶんと先の出来事だと思う余裕のある自分を発見して、落ち着いた気持ちになった。

「きょうが何の日かご存知ですか、グリフィスさん」

やや気楽な雰囲気で岩淵が問いかけて、答えも自分で言った。

「娘たちのお祭り、雛祭りの日ですよ」

きょうの三月三日は、日本の陰暦ではひと月ほど後に来て、この祭りが春の楽しみだと言った。彼はその日を予告してくれた訳だ。

高い額の岩淵は首を上に向けて、にわかに僕の故国のメロディを口ずさんだ。

「百合の花より汚れなく、…清らな胸にこそ響く…」

アメリカで憶えた彼の好きな歌を唄うのだ。

彼は幼い時から十分教育を受けてきており、留学もしている。岩淵はいま機嫌がいいのだ。

聞かせてくれ岩淵君。故郷の懐かしい調べを、愛する人の言葉にも似たあの調べを――。

僕は心の中で叫んだ。


周りに雪はまだかなり降り積もっているが、進むにつれて平野は広くなり、昨日の景色に比べると随分と雪が少なくなり、その変化がだんだんはっきり感じ取られた。そして二度ほど、途中の村で休憩をとった。

フウチョウ（府中）にたどり着いた。

岩淵が説明する。街の規模は確かに大きく繁栄の面影を残してはいるが残念なことに、時代が変わってこの町はすっかり衰えてしまったと言うのである。

旅館が二十軒ほどあり、広い通りの真ん中には石の壁でできた堀川が優雅に流れている。

しかしこの町の旅館は立派であった。

夕食には数えてみると十二人のヤコニン、それに町の有力者たちが加わり、賑やかな宴席となった。楕円形に座った僕たちの前に、器量のよい娘たちが、料理を一つずつ運んできて食事が始まった。このことは今晩の日記からもらしてはならない。

暗くなり蝋燭の灯がともされた。満月のような大きな陶器の皿に魚、湯玉子、海老など肴の取り合わせ料理が盛りつけられていた。この町で最近あったという政治騒動の話、ミカドの先祖が越前の出身であり、この地の娘君と結ばれたという物語、話は夜遅くまで続いた。

今日も酒が進んだ。

部屋に戻り、詩を読んで日記をつけると、心地良い眠気に襲われた。

（五）

翌朝は少し遅めの食事であった。

すでに宿の外では十二頭の馬が鞍をつけて待っている。フィラデルフィアを出発してから百十二日が経過していた。

明け方の目覚め前に、アメリカに残してきたエレンの夢をみた。なぜエレンが日本に来ているのか夢の中で不思議だった。顔もエレンらしくなく、歌を唄っている。大きなホールで皆がダンスを始めたのだが、急に僕のエレンが見当らなくなった。約束の場所を、彼女にはっきり言ったかどうか自信がなくなった。友達もだんだん友達らしくなくなり、僕は仕方なく建物の曲がった階段を下りはじめたが、見知らぬ男が馴々しく口をきき、優秀な僕の友達の話をする。

またエレンが現われた。僕は内心エレンに言い訳をする必要がないと思いながら、何かをはっきり彼女に言ったのに、今はその気持ちだけが残っているだけで、その言葉を想い出せないのだ。夢の意味は解読できないが、寝る前にエレンの写真を眺めたせいかもしれない。


今日は福井の第一日となるはずの朝だ。

一刻も早く出発したくなるはずなのに、気持ちの方は前に向かない。フィラデルフィアの、いつもきまって頭に浮かぶ教会や本立の風景、人々の顔が意識から離れようとしない。この僕の心の囚れの鎖は、僕の身勝手な自業自得が生み出しているものだ。

福井に向かっていながら、母国から彼女を呼び寄せたい僕の内心は、あまりに身勝手で思い上がりだ――。


「出立!」

ヤコニンの強い声で我に返った。

時刻は九時半、行列はゆっくり進み、目的の地まではおよそ十二マイル、もはや平坦な下りの道のりである。

両側から迫る山や小高い丘も徐々に後退し、山に挟まれた平地もだんだん広がっていった。

どの村落も山を背に数十軒ほどが集まり、寺院の屋根が一番奥の高台にどれもよく似た姿を見せている。街道筋の村人たちは我々が通りすぎる様子を黙って眺めている。

道が岸辺のところに出て、そこから渡し船に乗る。川に綱が渡されている。水深を測るために川中に柱が設けられている。これは水定杭と呼ばれて、水深により船賃を定めるのだとの説明を受けた。

対岸の二十軒ほどの小さな村で一服することになった。

犬が寄ってきて吠えた。

「フコウイ〈福井〉はまだですか」

「もうすぐです。あと二度ほど休みます。午後までには着きますよ」

風があり、俄雨《にわかあめ》がぱらつく。また雪が舞うかと眺めるうちに、爽《さ》っと陽が射した。そのとき、左右の重なり合った山々がこの世のものとは思われないほど気高く輝いた。北に向けて前方をさえぎるものが、最後の左手側の小高い丘だけになった。

「フコウイが見えてきました」

その刹那、僕の目には町の上空が黄金の光で満ち溢れた。馬を止めしばらくその景色を眺めていた。そこには福井の城下の甍が積み重なってのび広がっており、そのさらに奥の遠くには海があるらしく、背景は明るく開けて見えた。

寺院の沢山集まった通りを行き過ぎた。

街中を東から西に横切る大きな川の橋詰に着いた。手前が石で組まれ向こう側の残り半分が木で作られた珍しい構造の橋を渡る。

河原には人の姿が多くあり、こちらの岸辺は果樹園らしく、晩冬の林のままであっても、どことなく春の気配がある。

橋を渡りきると大きな門と高札が立ち、立派な商家が両側にあり賑わっている。

大門のところには大勢のヤコニンが待ち構えていた。

「グリフィス殿、お待ち申しておりました」

労《ねぎら》いの言葉を代表の侍が述べた。通りには町人たちの列が重なってわれわれを出迎える。先導によりしばらく東に向かって大きな通りをゆっくり進む。

僕は招かれた者として、福井の町の大きさが気になっていた。

僕は眼に映る通りの風景はまるで屛風に描かれた墨の絵のようであり、まだ街の奥ゆきを感じることができない。市街地の沿道の建物もことさら屋根を低くしている様式であり、お城の権威に圧迫されているように見えた。いずれにしても期待していた僕の福井の町は、日本の普通の都市の往来と違わないように思われた。

後で役立つように、第一印象をはっきり記憶しようと注意したが、頭の中によくまとまらない。

川を右手に見ながら進むと周囲を塀に囲まれた立派な屋敷が左前方に見えてきた。塀が高く外から屋敷の全体の姿は分からない。松の高木と背の高い黒い建物が見える。

先導につづいて塀の中央部にある門をくぐり敷地の中に入った。木立ちを望む美しい庭があり、さらに先に古い立派な屋敷が見える。玄関先には、絹刀を差して髷《まげ》頭のヤコニンたちが並んで立っていた。

馬を下りると一斉に会釈をしてきたので、僕は中央にいる役人に手を差し出した。彼らにはシェイクハンドの習慣がない。握手をするとき侍たちは気を緩めて笑い、僕もつられて笑みをもらした。

古い建物の中に入る。真っ赤に焚かれた石炭ストーブが我々を迎えてくれた。障子や窓にはガラスがはめ込まれている。テーブル・ベッド・椅子などの調度品はどれも上等である。家の中は洋風そのものであった。

この家だけは横浜に劣っていない。

こんな田舎でなぜ準備できたのか不思議である。決して裕福な藩でないし、僕への給料の支払いも簡単なものではない。契約以上の扱いを受けていると思った。何より嬉しいのは、僕が何を喜ぶかを分かろうとして応じていることだ。

「驚きましたね。ここまで準備されているとは」

岩淵は相当に満足しているようだ。

「ここはクサカベの故郷ですからね」

僕は別の返事をした。

異国の町で亡くなった僕の教え子の日下部《くさかべ》君のことを想い出さずにはいられなかったのだ。

この優秀な少年に古代ローマの文字を教え、ローマの哲人たちの言葉で彼を励ましたのは、他ならぬ僕であった。この福井は亡きクサカベの故郷なのである。なぜか福井藩はお前に偉大な希望を託しているのだ。

僕を歓待するのは福井の人たちにクサカベの思いがあるからだろう。

陽気になれ、ウィリー。

現在の時と境遇を自分への贈物として受け止めるよう心掛けよ。寒かろうが暑かろうが意に介すな。気を散らかしたり、名声に胸をときめかしてはならぬ。お前は選ばれた貴族ではないことを自覚すべきだ。いわんや皇帝でもないし奴隷でもない。恋人と別れてきた金のないサイエンスを勉強しただけの一介の教師であり、二十八歳の日本語を学ばねばならぬ書生にすぎない。周りからの好意が得られるよう、人々に愛されるように努めよ。義務を果たせ。

憂い顔をした漂泊者よ、自分の道を真っ直ぐ突き進むのだ――。

第二章　福井での初めの一週間のこと

（一）

福井に着いたきのう三月四日は、荒れ模様の北風の烈《はげ》しい天気の日であった。雪や霰《あられ》が降りながら日も照ったりした。

第一日目のことを想い返した。昨晩は、ヤコニンたちがサヨナラと告げて退散し、旅を伴にしてきた同志たちとの食事も済み、完全に一人になった。

僕は新しい綺麗な畳が整然と敷いてある自分用の二つの大きな部屋の居心地をよくする最初の仕事をした。

トランクと箱の荷造りを解き、絵などを出して掛けた。母国から持ってきた身の回りの品も少しだけ配置できた。幼い時から使ってきた道具もあって、この異郷の地に置かれているのを眺めると、神から自分に与えられた出来事やこれまで為してきた自分の行いが、懐かしくも愛しくも感じられるのであった。

きのうの日記にも書いたが、アメリカで使われているのと同じ型式のストーブまで用意してくれていた。最近この地で発見されたという石炭が真っ赤に燃えていた。

（二）

三月五日の今日は、朝早く目が覚めた。

早速に、大名屋敷で殿様と重臣四人に謁見し、着任の挨拶をすることになっているのだ。

僕は庭の門のところまで歩いて出て、外の通りを眺めた。空は分厚く重そうな雲が覆い、雪がちらついている。

庭の塀を挟んで通りがあって、道の向こう側に足羽川《あすわがわ》の河原が眺められる。水面には小舟が浮かび下流側には新しい橋が架かって見える。

通りをいそがしそうに大勢の人が行き来している。武士は下駄履きに絹の紋付き、帯に刀を差し、綺麗に剃った頭のてっぺんに髷《まげ》をつけて、社会の主のように威厳を保って歩いている。僧侶は剃髪に金襴《きんらん》の襟にゆるやかに垂れた絹の着物を着て、手首に数珠をかけて寺に行くところであった。

商人は地味な綿入りの着物に、足にぴったりの股引《ももひき》と白い鼻緒の藁草履《わらぞうり》をはいて、目をきょろきょろ動かしながらせわしなく駆けている。人足は上半身が裸で、下半身をエデンの園の布地でおおい、藁草履に、法被、笠掛けで重い荷物を天秤のように運ぶため、体をてこの台の代わりにしてよろけながら通って行った。

行商人が声をあげながら魚、野菜、油、豆腐をぶらぶらと売り歩いている。向こう岸には群青色の着衣を股の下まで捲り上げた男たちが流れに逆らって川上に舟を引いていた。

しばらくの間にこれだけの素晴らしい景色や城下の人々の様子がとらえられた。僕はこの珍しい体験にも直ぐに馴れてしまい、退屈になるのではないかと極端に恐れた。

九時を少し過ぎた頃に、庭の端の門が開いて、護衛の中村が入ってきた。中村の背後に、馬を伴ったヤコニンが三人見える。一人はきらびやかな飾り馬衣をつけた馬を引いていた。馬丁の着物は青い上着一つだけで、それが尻の少し下まできていて、たびを履き、例によって腰に白いふんどしを巻いている。この馬は最も豪華に着飾っており、まるで馬上の槍試合か舞踏会にでも出るような飾りようである。尻尾は模様のついた青い絹の長い袋鞘に入っていて、付け根のところが房の付いた赤い絹紐で結んであった。

たてがみと前髪が白い絹で多くの数の房に結んであるが、それは刷毛《はけ》に似せてある。鞍は漆塗りで紋のついた精巧な調度品であった。鞍掛けは波型に反り、金で模様がついている。鐙《あぶみ》は鋤《すき》ぐらいの大きさで真鍮《しんちゅう》で作ってあって、金銀の象眼細工で装飾がしてある。

この馬は僕を殿様の所まで連れていくために差し向けられたものだったのだ。

中村、岩淵と共に殿様の屋敷へ向かった。

我々は、藩士の立派な屋敷が並ぶ大名小路を通り、沢山の堀と門を越え、藩主の屋敷の正門の前に着いた。この門は日本の大きな屋敷や公の場所にはどこにもあるもので、横木の端々を合せた二つの大きな十字架のようであった。橋を渡れば本丸である。中にある小石を敷いた庭の広い石畳の道を通って行った。入口の前に大きな高い玄関がある。小姓が跪《ひざま》づいて迎えてくれる。しばらくあって、若いヤコニンが絹ずれ袴の音をたてて迎えに出てきた。

靴を脱いで中に入る。柔らかくて念の入った清潔な畳の廊下を通って謁見の大広間に案内された。広い座敷の真ん中には、大きなテーブルがあり、一番奥の席に座っておられるのが知藩事の茂昭《もちあき》様であろうことがすぐに分かった。他の日本人同様に小柄ではあるが、知的な好奇心の高いことが、僕に注がれる聡明な表情から読み取れた。小姓と侍者が跪づく。殿様と両隣にいる五人の家臣たちが立って迎えてくれた。

テーブル、椅子、握手のスタイルはこの国では新しいことのはずだったが、ここ福井藩には既にあるのだった。

僕は、殿様の前に歩み出て礼をした。殿様は上品に微笑み、手を差しだされたので、私は手の届く場所まで進み、両手で握手をした。

殿様はややあって、静かに歓迎の言葉を述べられた。

「遠くからの旅路、大変でありました。まずは、ゆっくりとされるがよろしい」

「早々に謁見を賜り感謝申し上げます。お気遣いかたじけのうございます」

岩淵の丁寧な言い回しの響きはやや上ずっている。

僕は、その場の雰囲気に圧倒されそうになるが、努めて平静を装った。

殿様から直筆の手紙を渡された。そのまま岩淵に手渡すと、彼が英訳して読み上げた。

――貴国の大統領が壮健であられるのは慶賀の至りであります。福井の青年に科学を教授するため、はるばる遠いところからさっそく海を越え山を越えて到着されたことは、大きな喜びであるとともに深く感謝します――

――学校と学生に関する事柄については教育を担当する役人が十分ご相談に応じます。何かと不便をおかけすると思います。何なりと入用の節はご遠慮なくお申し出ください――

岩淵は、普段より畏《かしこ》まった調子の英語で伝えてくれた。

「アリガトウゴザイマス」

僕は、殿様に対し直接にお礼の言葉を伝えた。

次に殿様と五人の家臣から、彼らの名前と身分が漢字で書いてある名刺を渡された。

松平茂昭、福井藩主。

小笠原盛徳《もりのり》、大参事。

村田氏寿《うじひさ》、大参事。

千本久信《ひさのぶ》、副参事。

大谷遜《ゆずる》、権小参事。

大宮定清《さだきよ》、家令職。

互いの紹介が終わると全員がテーブルの席に着いた。

十歳ほどのかわいい男の子の小姓が、金属の茶托に小さな茶碗をのせて運んできてくれた。皆が茶碗を持ち上げると、小姓は低くお辞儀をして静かに出て行った。

卓上には薄く切ったカステラがピラミッド型に積み上げてある。テーブルの中央には大きな花瓶がある。梅の小枝と、銀色の光沢のある鋼のような枝の野生の植物で、下の方は色とりどりの八重と一重の椿の花があんばいよく咲いていた。

「君が貴国で日下部君によく指導してくれたことは、フルベッキ氏から聞いている」

「個人的にラテン語を教えていました。彼ほど優秀な若者を僕は今まで見たことがありませんでした」

日下部の知的で一途な表情が目に浮かぶ。

「優秀だったからこそ無念です。彼はラトガース大学でも異彩を放っていたのです」

殿様はじっと僕の英語と岩淵の日本語を聞いていた。

「彼は天賦の才に恵まれた若者であり、大殿（松平春嶽）も非常に期待していた。あまりに惜しいことをした」

殿様は神妙な表情を浮かべられ続けられた。

「二十五歳の生涯であったか…。奇しくも悲運の死を遂げた橋本左内《さない》君と同じ逝年だ」

橋本左内氏のことは、以前から聞いていた。

「私がこの仕事をお受けしたのは、クサカベのこともあったからなのです。彼の信念を福井の若者に引き継いで欲しいのです」

殿様はそれ以上何も言わず黙ってうなずかれた。僕は言いすぎたかと反省した。しばらく沈黙の時間が流れた。

「しかし残念でしたな」

殿様が突然おっしゃられた言葉に対し僕は自分に何か失敗の表現があったのかと身構えた。

「いや、あと一週間早く着いておられれば、〝馬威し〟をお見せできたのに」

「ウマオドシ？」

僕は、殿様の全く別の話題に係わるらしい言葉を繰り返した。

「馬威しは、我が藩の猛者たちが雪を蹴散らし、通りを疾走する何とも豪快な正月の行事なのだよ。藩士たちの馬術の訓練のために始まった行事です」

殿様はそれまでとは態度を変えていかにも愉快そうに語られた。

「大太鼓の音を合図に桜門を飛び出した百騎あまりの侍たちが、重臣の屋敷が連なる曲輪を抜けて、九十九橋を目指し疾走するのだ」

「どのような祭りかよく理解できませんが、ともかく拝見できなかったことは残念です」

「大殿の話では常陸《ひたち》の水戸の殿様が、馬威しは優れた行事だから武芸鍛錬のために盛んにするよう推奨されたとのことだ」

僕は殿様の話に聞き入った。

「最も勇敢な乗り手として今でも語り継がれるのが、三岡石五郎《みつおかいしごろう》という毛屋侍だ」

「ミツオカ…」

僕は殿様の発した男の名前を反芻《はんすう》した。

「近いうちに会えるだろう。今や我が藩にとって欠くことのできない男だよ」

殿様はここまで言うと、満足そうな顔を浮かべた。

「ただの競べ馬ではなく、面白い仕掛けがあるのだ…」

「ぜひ、詳しく知りたいものです」

「まあ、百聞は一見にしかず、来年ご自身の目で確かめられるがよい」

殿様は話が一段落したところで、いったん席を外された。その際、黙って脇に控えておられた五人の家臣に目配せされたのが分かった。殿様のお気遣いであろう。


賑やかな話し合いになった。

お陰で岩淵の二枚の舌は一時間近く忙しかった。重苦しさが解け、次第にくつろいだ気持ちになり、そのうち愉快になってきた。

先ほどの小姓がやって来てお茶を取り替えてくれた。

彼等と入れ替わりで殿様が戻られた。

「グリフィス君もご存知のとおり、我が国は今、大きな波の中にある。二百六十年続いた江戸の幕府はなくなってしまった」

政治の話になったので、僕は気持ちを元に戻して殿様の言葉に耳を傾けた。

「侍たちが世の中を決める時代はもう終わる。武士も農民も商人も上下の関係が取り払われ、みんなが天皇の民として平等の世の中になるのである」

そう言って殿様は表情を微かに緩められた。僕の眼には、茂昭様が江戸の世を懐しみ感慨に浸っておられるところもあるように見えた。

「武士も気持ちを新たにして、産業をさらに盛んにし、福井を富ませなければならぬ。そのためには、外国のこと、科学のことなど学ばなければならぬことは山のようにあるのだ。君に働いてもらう明新館は、まさに、これからの福井を担う人材を育てる場所であると心得てほしい」

次第に力強さを増す茂昭様の言葉に、僕は自分に寄せられた期待と責任の重さを痛感した。福井は国の中心から遠い田舎の藩ではあるが、これからの時代の先頭を切って築いていこうとする意気込みがあるのではないかと感じた。

「殿様のご期待に沿えるよう、尽力してまいります。わがラトガース大学で得た知識をすべて使い、これからも学び続け、必ずや明新館から殿を支え、福井を富ませる人材を輩出します」

僕は、彼の期待の大きさを感じ、普段は使わない断定口調を用いて応えた。

「私を支える…とな。左様か。良しなに頼む」

当惑と嬉しさが混じったような表情を見せながら、殿様が応じてくださった。

僕は対面の終わり頃になり、上手くやっていけると落ち着いた心持ちになっていた。

アメリカ人の自由と日本人の気楽さによって初めて会う者どうしが友達になれたのである。教育と文化が、二つの民族、宗教、文明に横たわる湾にたやすく橋を架けるのである。

この上品で洗練された紳士たちの前で、僕は心から打ち解け、一時間が楽しく過ぎたのだ。

殿様との謁見は、この地でやっていく自信を僕にもたらした。申し分のないスタートを切ることができたのだ。だが、いつまでも満足感に浸っているわけにはいかない。毎日が新しいことばかりに、疲れを知らぬ子どものような新鮮な気持ちでこの町福井と接したいのだけれど、残念だがそうは許されないのだ。

僕の使命を考えれば、一日も早く旅人から足を洗って、住民の精神を持たなければならないはずだ。よそ者の眼から市民の眼に、つまりこの町を通り過ぎる人にではなく、市民から尊敬される人になりたいと気にかける教師でなければならないのだ。

その願いは神の目から見たら、虚しい取るに足らない望みでしかないのだろうけれども。

そのためにはまず中心にある郭の規模を頭にたたき込み、これを外側から取り囲む侍たちの屋敷の広がり、民衆の住む町屋、これら全体とその城下の規模と境界、さらに周りの田園、広がる村落と放射する街道、これを東西南北を頭に入れて僕の頭脳に焼きつけた地図にしてしまわなければならない。

僕のこれまでの体験から、新しいものであれ、町であれ、見知らぬ森羅万象が、自分と同じような境遇のものとして境界が感じ無くなるまでには、実に短い時間しかかからないことを知っており、必ずその時がやってくるのだ。とても悩ましいことだ。それでも既知になってしまうものを愛したり誇りに思ったりできるかといえば、それだけでは済まないのであり、落胆や目移りばかりして容易なことではない。

（二）

次の日の朝、食事を済ませると僕は馬に乗って辺りをひと廻りして町中に出ることにした。そこにあったのは、塀に囲まれた侍の屋敷、水路、天守閣、ただ黒っぽく広がる屋根の低い家、大きな寺院、切妻の家屋、竹藪、それに森であった。通りや街並みをいくら進んでも、ふるさとのアメリカの街のきちんとした家並みや素晴らしい大通りなどなかった。

ここは江戸（東京）や横浜とは違うのだと改めて思い知った。

――批判を止め、良きものを励まさなくてはならないのだが。

僕は何を期待して四千マイルの海原を越え、さらにその国の江戸から二百マイル西方の日本の奥地の大名の都市に今いるのか。

目が覚める思いがした。黄金の国を空想したあの時の興奮はもうなかった。現実という無色の眼鏡から眺める他なかった。日本の、アジアの奥地の都市がどんなものなのかがようやく分かった。残念ながら僕には戻れないのだ。

だが、僕の妄想を口実に落胆することなど誰が許してくれようか。日本に来たのは僕の使命だったのだ。

グリフィスよ、一時の気分に影響されてはならぬ。

大学の長老たちは日本に行くのが義務だと促した。義務である限り、それを避けるべきかなどと、問うのは裏切りの始まりだ。神とともに在れ。自我を義務の上に置いて勝手に権利を主張するな。

僕は、自分に無理矢理暗示をかけるかのように、期待した境遇の見込み違いを黙認するよう言い聞かせることしかできなかった。

三日前に僕の目に眺じた福井の素晴らしかった遠くからの景色の中で今、呼吸をしている。

この町を、歴史と自然の中に一つの空間として、僕なりに町を限定し確定しなければならない。旅人の僕を閉じ込めている目の前をふさいでいる邪魔な表面的な屏風を取り払わなければならない。前を遮る障子や重厚な襖をすべて引き払わなければならない。

結局のところ僕は、僕が住人となった福井の町の大きさと特徴を一日でも早く把握したいと思った。住みながらあるがまま知っていくことが正しい方法だと思ったが。

そこで僕はまず人を誘って、町の中や郊外を散歩することからこの苦痛な冒険をスタートさせた。がっかりした気持ちと思い直そうとする心の葛藤が消え去った訳ではない。しかし日々新しい風景や人々の姿を目にするにつれて、よそ者の心が少しずつ消え、自分もその一員と感ずるようになり、気落ちした心理状態は徐々に心の底の方に押し込められていった。

これから三年間、僕の福井の人としての日常が動き出したのである。

アメリカから日本に来て、最初、江戸や横浜に五十日間過ごした。好奇心と行動力をもってできるだけ多くのものを見聞きした。そのときは、このような心境にはならなかった。なぜなのだろうか。いずれはっきりと解るときが来るのであろう。

殿様に教えていただいた「馬威し」という福井の古くからの伝統行事のことが頭から離れなかった。真っ先に自分の目で見るものを見損ねたという運命のようなものを感じて悔いの心が沸いた。僕が到着する一週間足らず前に行われたというのであるからだ。

僕は馬威しについて知りたく思い、従僕の佐平を呼んだ。

「佐平さんは、今年のウマオドシを見に行ったのですか」

「もちろんやわ。毎年欠かしたことはないでの。桜御門から侍たちが馬にまたがって隊列になって出てくるんや。町人が埋めつくした本町通りを一直線に西に走って、北陸街道に出たところで左に折れ、終点の照手門を目指すんや。ひどい騒ぎやでの」

「殿様の話では面白い仕掛けがあるとか」

佐平は、嬉しそうに話し続けた。

「馬威しと言いましたですがね。わしらはただ競争を見てるだけやないですよ。目の前の侍が乗った馬めがけて、太鼓やら銅鑼やらで驚かすんやわ。侍も何とか馬を走らせようとするんやけど、馬が言うこときかんさけの。ひどいときは馬ごとひっくり返るで」

佐平は手振りを交え、ひどく興奮して話す。

「そんなことして、後からお仕置を受けないのですか」

「お祭やがね。馬威しで町人を叱ったら、それこそ城下の笑いもんになります。それにうまいこと走れられんのは鍛錬が足らんゆうことや」

「真剣勝負というよりは、お祭り騒ぎなのですね」

佐平は、とんでもない、と首を振った。

「三岡様なんて、今は藩でえらく重宝がられていますけど、元々そんなに身分の高いお家柄じゃない。十九のときに馬威しで優勝したのが大殿様の目に留まって、引き上げてもろたんやわ」

殿様から聞いた男の名前が佐平の口からも出たことに驚いた。

「皆その辺のことはよう知ってますわ。何とか殿様の前でいいとこ見せようと思って必死やでの」

佐平の興奮した話しぶりから、馬威しというものの大筋が分かった気がした。しかし、自分の目で見物できなかったのが、本当に残念で仕方がなかった。

「そういえば、今年は、もう一つ変わったことがありましたんや。殿様のご子息の新次郎様が馬に乗られて、お出ましになられましてな」

「若殿は初めてのお出ましやったで、わしら見物のもんに饅頭やら菓子やらを振る舞ってくれたんやざ。殿様のご子息だけあってまだ四歳やというのに堂々とした立ち振る舞いでしたな。皆、感激してもて、もう大騒ぎでな。涙流してる者までおりましたんやで」

この話はもう終《し》まいかと思ったのだが、佐平の話は止まなかった。

「先生も、もう少し早よう来たら見れたのにな」

佐平に、僕の心を見透かされたような気がした。あらかじめ知らされていれば、馬威しに合わせて福井に来ることもできたはずだった。大袈裟ではなく、この行事を観られなかったことが、これからの僕にとってとてつもない失敗になる予感がしたのである。

「来年は必ず観させてもらいますよ」

僕は、努めて明るい調子で佐平に言葉を返した。

（三）

福井での生活も三日目を迎えた。僕の大きな屋敷のことについても大方把握できてきた。

敷地内にはずいぶんと沢山の役を持った人たちが住んでいる。一人ひとりが独立していないので、一つの仕事に手伝いの手伝いがいて、さらに下働きまで必要なのだ。

外国人は注文が多く身勝手だという評判が広まっているそうだ。そのためヤコニンたちが沢山いて、屋敷の奥に事務の部屋まで持っている。武装した護衛役や年長の学生たちが一緒に住む長屋もあり、門番たちもいる。彼らを手助けする身分の低い人たちと子どもらがいる。何と非効率なことかと思うが、嘆いても仕方がない。僕のスタイルを徐々にこの国に馴らしていく必要がありそうだ。

明日からいよいよ僕の仕事が始まる。今日は学校に行き、授業の打ち合わせを行った。

学校の生徒は武芸、医学、人文の各科を併せて七百人ほど、ラトガース大学のおよそ四倍である。そのうち僕の生徒は九十人足らずで四組に分かれることになった。

巻子本《かんすぼん》の和書および洋書の両方を収めた図書館、それにフランスから輸入された等身大の立派な解剖模型男女一対を誇る医学所がある。兵学校には戦術に関する主として英語の洋書が集められていて、そのうちの数冊が日本語に訳されていた。

数百人の青少年が教師とともに床にあぐらをかき、読書、学科の暗記、漢字を書く練習をしている。すでに丁髷《ちょんまげ》を切り落とした学生もいる。

建物の一端に運動用の大きな練習場があった。そこで剣術と柔術の技術を試す演技を数回やって見せてくれた。

体中を防具が覆い頭には綿を詰めた帽子を乗せ、丈夫な鉄の格子を横に渡したお面をつける。互いに向かい合って竹で作られた刀を交差させ、戦いを開始する。撃ち合うばかりで、突くことをしない。思い切り激しく打つので、具足をつけていても傷がつく。竹の刀は馬上試合の槍のように振りあげて使う。

若者は十五分、あるいは息と腕力が続くまで模擬戦を続けた。

次に柔術が始まった。冬の寒い日であったが、学生は粗い麻織の袖なしの上衣しか着ていなかった。互いに近寄ると、掴んでは投げた。その狙いは、丸腰でいて身を守る方法を見せることにあるようだった。組んだり投げたりする演技が続いたが、それは本物の咽つめ、腕の骨の脱臼、首絞めと、恐ろしいほど似ていた。

演技の間じゅう、互いに攻撃しながら競技者はこの世のものとは思えない叫び声や捻り声をあげるのである。多くの若者の素晴らしくて男らしい体格に感心せずにはいられなかった。

場所を移し、生徒の下校を待つことにした。鐘の甲高い音を合図に、学生たちは筆、硯、墨を片付けて、本などの持ち物を四角い絹の布に包んで、きちんと結ぶ。横にあった小刀を帯に差し、いずれもみな、床に額をつけて教師にお辞儀をした後、立ってまず刀の置かれた部屋へ向かう。ここは玄関に近い大きな部屋で番号の付いた刀掛けが並び、七百本以上の刀が掛かっている。学生は焼印のある木の札を出して番人から自分の刀を受け取る。大刀を小刀に交差させ帯に差す。そして、両刀を整えると下足部屋へ行く。そこには何百もの下駄や草履が番号順にしまってある。履物を地面に置き、足の指を鼻緒に突っ掛けると学生は数インチ身長が高くなり、家路に着いた。長い石橋を渡る数百の下駄の引きずる音や鳴らす音が耳をつんざいた。

学生は皆何もかぶらず丁髷に髪を結っている。たいていは裸足のまま下駄を履き着物を着て、威張って歩くのだ。これが封建制度の一つの絵となってしばらく僕の頭に焼き付いて離れなかった。

このような野蛮な若者たちを紳士にするにはどのくらいかかるのであろうか。僕は不安を抱きながら歩いた。この千人近い子どもたちに対し、西洋人の一教師に何ができるというのか。

（四）

次の日、僕は本丸の中にある藩校明新館で最初の授業を行うことになった。

授業のための器具が揃っておらず、ヤコニンが手配してくれた器具作りの上手な鍛冶屋、ブリキ職人、指物師にお願いすることになるが、彼等の手に負えないものはアメリカに注文するしかないだろう。

僕は初めて教室の教壇に立った。

そして紹介をうけた。

「プロフェッサー、ウイリアム・エリオット・グリフィスです」

七十人の生徒たちから盛大な拍手が起こった。

僕は、拍手が鳴り止むのを暫く黙って待った。

改めて教室を見渡す。

障子越しに光が差し込み、生徒たちは畳敷きの床に直に座っている。目の前に並ぶ日本人の侍たちの子どもの顔はどれも好奇心を隠した無表情のように見えたが、今何を考えているのか想像することができない。部屋の後ろを陣取る上級のヤコニンたちが目に付いた。

僕は、今日のところは化学の細かい話はしないことに決めていた。学問を修める前提の心構えを伝えたいと考えた。

「クサカベタロウ君の後輩たちよ」

僕は、敬意を込めて彼の名前を冒頭に持ち出した。

「政治に功績のあったナポレオンやフランクリンなどの先人は、解放者、つまり歴史的英雄の名誉を与えられるに過ぎないが、新しい事物の発見者、例えばニュートンやパスカルは、神的な名誉が与えられる。前者は長年の混乱した時代変革への寄与だが、後者は人類への永遠の贈与者であり、幸福を与える」

学生たちは僕から目をそらさず、じっと聞いている。

「現代の君たち福井の生徒諸君の環境に対し、クサカベ君たちが留学したアメリカの僕のタウンの生活状態との差が歴然としている。これは何に起因していると思いますか。政治の進み具合いの差もあるが、それは大きなものではない。むしろ、今説明した新たな発見による科学の技術と応用の差であることを是非とも自覚して欲しいのです」

不意にクサカベの顔が頭に浮かんだ。

僕は改めて彼のことを話そうと思った。

「僕はアメリカでクサカベ君を指導しました。彼は福井藩の最初の留学生です」

微《かす》かに教室が動きざわめく。すべての生徒たちが僕と彼の関係を知っているようだ。

「クサカベは、僕の国でも極めて優秀な青年でした。亡くなって間もなく一年が経とうとしています。

彼は、自分のすべてを勉学に費やしました。さぞ、無念だったことでしょう…」

静まりかえった教室に、岩淵の通訳する声だけが響く。

「今でも彼の最期を鮮明に覚えています。病魔に侵され、やがて彼の頬からは色が失せていきました。

如何なる薬も彼を回復たらしめることはできなかった…」

「僕は病床の彼に入信を勧めました。安らぎを享受して欲しかったのです。しかし死の床で、彼は高貴なる動機から、キリスト教を受け入れることを肯《がえ》んじなかった。自分の生命の残滓を目の前に差し出された救済者（神）に捧げることは、彼の受け入れるところではなかったのです。彼にとって仕えるということは藩主への忠誠を意味したのでしょう」

岩淵の訳が僅かに停滞した。僕は少し感情的になってしまい、宗教の話を持ち出してしまった。場違いなことをしてしまったと後悔しながら講義を立て直す。

「君たちには彼の無念を心に留め、学んで欲しいのです」

多少強引ではあるが、話の流れを本論に戻した。

ここで、代表して生徒から質問を一つ受けることにした。

一人の若者がすかさず質問を投げかけてきた。

「なぜ、日本は発見や技術がおくれたのですか」

年は十五歳ほどであろう。眉目秀麗な美少年は真っ直ぐに僕の顔を見た。

「この国が続けてきた鎖国によるところが大きいのでしょう。ただそれだけで説明できるほど単純な話ではない」

学生たちだけでなく、ヤコニンの真剣な表情が目に入った。

「日本が島国だからでもない。君たちや先祖の能力でもない。もっとも化学は世界共通の知識と応用であるので、この福井の地でも先頭に立つことは可能なのだ。勿論この技術が贅沢のためにあってはならないのであって、正しい政治と宗教の舵取りが併行しなければならない」

「では、自然の探求と発見、技術の修得と応用とはどういう方法によって成し遂げられるのでしょうか」

先ほどの若者が質問を重ねた。澱《よど》みない問い掛けに軽い驚きを憶える。同時に、彼に興味が沸いたので名を尋ねた。彼は「トスイ」と自らを名乗った。

「トスイ君。君たちのアンビション（野心）を政治ではなく、健全で高貴な知識と技術の修得の方に向けるべきであろう。政治は合意の技術であって、正しいか誤っているかとは無関係である。人間とは違って自然に対しては暴力を振るうことはできず、何も生まれない。自然の仕組みを発見しそれに従うことによってのみ自然に命令することが可能になるのだ」

岩淵の訳が終わると、トスイはそれ以上追及せず僕に向かって深くお辞儀をした。

彼の質問は僕の授業を引き立ててくれた。

どこからか拍手が起こり、やがて教室全体に広がった。今度は、拍手が止むのを待つことなく話し始めることにした。

「化学の現代ヨーロッパ的定義は、中国的な考え方である物質の性質についての説明よりも広い領域を覆っている。単に分析の科学だけではなく、合成の概念をも含んでいる」

「化学の知識の集積は実験に基づく説明によらねばならず、数学のように単に論理の展開だけの学問ではない。化学は、科学と技術、即ち原理や知識の集積ばかりでなく、それらを現実の生活に応用することを含んでいるのです」

やや専門的になっていることに気付き、話の方向をやや易しく変えることにした。

「西欧人がギリシア人から学んだ学問は青年のような明朗さではあったが、お喋りで雄弁極まりなく、理化学の真理の探求には最も反するものであった。彼らが実験をしなかったわけではないが、その経験を逆に自分たちが思い込んでいた勝手な哲学に合わせようとしていて、全く実りのない不毛な作業に終わったのです。しかも最終的にも、自然の微妙さを発見することなく、人知の側の弱さの方を嘆くばかりで、結局のところ懐疑と絶望を公然と主張するに至ったのです。希望を捨てないことが科学の神髄のはずなのにです」

「地ではなく天日が動くのだとして、皆が意見を一致させただけでは、例えそのことを信じたとしても、占いや政治だったらともかく、それが知的な意味で真実の権威からみて過ちを犯していることになる。大政奉還などの政治上の意見の一致は歓迎されても、科学の立場は多数の意見の一致では決してない」

僕は殿様との謁見の場で得たこの国の歴史の知識を意図して持ち出した。

「諸君の記憶のため繰り返したい。化学は、究理即ち物質の根源を探る分析だけでは不十分で、それらの知識を総合して組み立てる面、即ち合成の立場もあり、さらにそれらの知識を実生活に役立てることに化学の目標があるのです」

これまでで一番の拍手が起こった。

「化学こそがこの国を近代化せしめる。僕はその使命を負ってこの福井にやってきたのです」

僕は努めて表情を崩さないようにしていた。

最初の授業を控え不安がなかったわけではない。昨晩、何を話そうか思案したのだが、学生たちの態度や能力が全く想像できず困惑していたのだ。

先輩のルーシ氏はこの最初の瞬間に不在にしており、彼から事前にあれこれアドヴァイスを受けようという計画が不調に終わったのである。

ところが、今日の学生たちの傾聴、そして度重なる拍手が僕の不安を和らげることになり、途中からは心が解放され、雄弁になったのだ。岩淵の翻訳にも多少の不安があったのだが、彼の方でも僕の気持ちの抑揚をうまく拾い上げてくれたのが分かった。学生たちの反応が何よりの証拠であり僕は福井での前途に自信を得たのである。

ヤコニンとはすでに、化学所の建設に向けた打ち合わせを行っており、実現すれば今より随分ましな環境が整うはずである。当座は今ある物でできる限りのことをするしかないのである。化学や物理は観念的、抽象的な議論が必要であっても、それだけではいけない。絶えず用意された実験や日常的に具体的なものをイメージしながら行われるべきなのである。

僕にとっての幸運の一つが佐々木長淳《ながあつ》の存在であった。

福井に到着した僕を待っていたのは、洋風化された調度品の数々である。こんなものがどうして手に入ったのか不思議でしょうがなかったのを憶えている。

福井に到着したその日、屋敷で出迎えてくれた佐々木さんが僕に話しかけてきた。

「私ニューヨークに行きました。私、分かりますよ。あなたが好きなものを」

彼の英語はネイティブとは程遠かったが、今の僕には充分すぎるレベルであった。彼のアメリカでの経験が、佐々木という漢字の名前の通り、僕の救いの木になってくれることを、この時に確信したのである。

（五）

福井に着いて六日目、佐々木さんが屋敷にやってきた。

「グリフィス先生、調子は如何かな」

手に持つ蜜柑《みかん》が目に入った。他人の家を訪ねるときには土産を携えるのが、この国の文化であることはすでに経験している。

彼がどんな経歴の持ち主なのか、何故アメリカに渡ったのか、さらに、どんな人物なのか興味があったので、彼の訪問が嬉しかった。

「グリフィス先生とお話ができる機会を頂き光栄です」

佐々木さんは、背丈は日本の平均程度であるが、がっちりした体格で、丸顔に筋の取った高い鼻が印象的であった。

僕は親しみを込め、彼を名前で呼ぶことにした。

「ナガアツさん、僕の家の調度品を準備してくれてありがとうございました」

「なになに、手伝いを雇うにせよ、馬を選ぶにせよ、草花、絵、骨董品を買うにせよ、何でもお世話させていただきます」

僕は彼の申し出が心底ありがたかった。

「アメリカでの経験が役に立ち何よりですぞ」

母国の話が出たので、さらに踏み込んで聞きたいと思い尋ねた。

「如何な用向きのためにアメリカに行ったのですか」

「武器を買い付けに行ったのですよ」

柔らかな表情で厳しい任務を淡々と話す調子が、実に心地良いのである。

「開国により、強兵の必要がありました。福井藩では銃器の製造所をつくり、私と三岡さんが責任者になりました」

ここでもまたミツオカの名前を聞くことになったのだ。

「さらに時代は進み四年前、武器買い付けの藩命を受け、横浜の港から汽船グレート・リパブリック号に乗り桑港《サンフランシスコ》を経由し、紐育《ニューヨーク》に渡りました」

「簡単におっしゃいますが、とんでもない仕事だと思います」

「なるほど――。昔から西洋の文明には興味がありましてね。アメリカに行けると聞いたときの高揚は今でも忘れません」

淡々とした口調で彼は続ける。

「グラント将軍に、率直に我が藩の要望をお伝えしましたところ、大いに賛同されジョンソン大統領に直訴する機会を得ました」

「直々に大統領にですか」

グラント将軍の名前に続き、大統領の名前が出たので僕は面食らった。彼は、只者ではなさそうだ。

「嘘みたいな話なのですが…」

「大統領に、漢字の名刺を差し出したところ、日本字に書き直すよう命令され、ササキゴンロクと仮名で書き直したところ、ひどく満足され、その後は流れるように話がまとまりました」

にわかには信じ難かったが、実際にあった話らしいのだ。

さらに、彼は補足して話してくれた。

「南北戦争が終わった直後、アメリカには武器が余っていたのです。これを見越して交渉に行っているわけですから、当然の結果かもしれません」

彼の堂々とした態度は、場数を踏んだ証拠なのだろう。しかし、地方の小国の一藩士が大統領と謁見し、交渉をまとめたという事実は、僕の福井への評価を見直すのに十分であった。

「先生は確か日下部君を教えておられましたな」

佐々木さんの口から突然クサカベの名前が出たので少し意外な感じがした。

「はい。彼は優秀な男でしたので本当に惜しいことになってしまった」

「彼はもともと名を、八木八十八《やそはち》と言いましてな。日下部太郎という名は渡米の際に付けられた名なのですが…」

佐々木さんは彼の名を言いながら、文字を紙に書いてみせてくれた。

「それは初めて知りました。ヤソハチですか…」

「御覧なさい。彼の名には八が三回も出てくる。八はあなたの国でいうエイトですな。この字を日本では末広がりと言いましてな、未来に発展する非常に縁起がいいとされるのですぞ」

「それは面白い話です」

「それだけではない。八木八十八を重ねてみると…」

佐々木さんは、クサカベの名前を重ね、同じ形の二つの文字にして見せてくれた。

「米という字が二つできます。ライスですな。米は我が国では尊いもの、そしてめでたいものなのですぞ。つまり、彼は八木家にとって将来を嘱望されていたということでしょうな」

「そうですか…。さぞ彼の父も無念だったことでしょう」

「そういえばあなたの国は米利堅《メリケン》、つまり米の国でしたな。めでたいことですな」

佐々木さんは、今日見た中で一番の満足そうな顔を浮かべた。

「ところで…」

佐々木さんは、それまでの話を打ち切り、別の要件を切り出した。

「私には、忠次郎という十五になる息子がおります。なかなか見込みのある奴ですので、ぜひ指導してやってください」

「さぞ優秀なのでしょう」

僕は、忠次郎なる彼の子息を早く見てみたいと思った。

「毎日私の家に遊びに来てください」

「心強いです。本当にありがとう」

「最後に一つ…」

佐々木さんは少し間を置いた。

「気晴らしをしなくてはいけませんよ。素晴らしい美女をお目にかけましょう。何なら、この家に連れてきて話の相手にされてもよろしいぞ」

僕はあっけにとられ、慌てて手を左右に振った。


その夜は、大気が冷やかに澄み、故郷のそれと同じ星座が空に蝶のようにきらめいていた。明るい空を雁金《かりがね》が過ぎて行った。その羽は月影を浴びて銀色に光っているのだろう。寺院の鐘が厳かに鳴るのが聞えた。

明日は、ルーシ氏が福井に帰ってくる日だ。

第三章　ルーシ氏との三か月

（二）

「ルセーさんは日本語が上手です」

福井の人たちは彼のことをルセーさんと呼んで、この一週間のうちに噂話を沢山僕にしてくれていた。

そして「ルセーさんは愉快で社交的な先生だ」という評判と同時に、「ルセーさんは女好きだ」という蔭言《かげごと》が城下に広まっていることを知った。

この噂のアルフレッド・ルーシ氏は、福井に来た僕にとって一番の友人になるはずの人物であった。

僕が福井に着いた日、彼は生憎《あいにく》不在であったのだ。

フルベッキ先生の紹介を得て、ルーシ氏は既に昨年の七月から、福井で英語を教えていたのである。

僕は米国の本国が福井藩へ直接派遣した教師の第一号の外国人であるが、ルーシ氏は五年間日本に住んでいて、在留のまま福井で雇われたのだ。

ルーシ氏が僕の前に福井の藩校で仕事をしている件は、よく東京でも聞かされていた。

今日は僕が福井に着いて丁度一週間目、彼とようやく顔を合わせることができた。

その日の夕方五時頃に、ルーシ氏は横浜から警衛役の福井藩士である井上穆《ふかし》とともに福井に帰ってきた。

ルーシ氏は旅装を解く間もなく、屋敷の食堂に使われている部屋で、一緒に夕食を摂ってくれた。

「戻られた日に、こうして早速食事をしてくれて感謝する」

ルーシ氏は一月半ばに藩のヤコニンのお付きとして江戸に向かい、横浜で仕事をしていたということだったが、僕もこの時すでに横浜にいたのだ。

何故、彼と会う機会が持てなかったのか不自然に感じていた。福井藩のヤコニンに何らかの思惑があったのだろうと合点し、この福井でもこれから類似のことがもろもろ起こるのであろうか、と想像をしていたのである。

初めて見る彼は、表情がやや青白く、おとなしい男、という印象を受けた。

もっとも、彼の眼光は何かを思い詰めたようにきつく、大きな鼻は少し上向きであった。鼻の穴がよく見える人間に悪い人間はいない、とマギー姉さんがよく人の顔を評していたので、これからの付き合いで試そうと思った。

「今夜はグリフィス君の歓迎会だ。二人だけで思い切りやろうじゃないか」

彼は、外国人の同僚を得たことや、また口に合った美味いものが久し振りに食えることもあって、陽気な態度でもって、出されてくるご馳走に勢いよく向かっていた。

「ルーシさんと力を合わせ、福井の教育に当たってほしいと念を押されました」

と最初にフルベッキ先生からの伝言を伝えた。

彼の英語はイギリスのスタイルであり、当然ながら名はルセーではなくルーシーであると発音して自分を紹介した。

ルーシ氏は、自分がこの国に来た経緯《いきさつ》から切り出した。

「俺の父は、イギリスで材木取引をしていた。それを手伝っていたのだ。商売は悪くはなかったが、儲かる仕事でもなかった。知り合いに頼んで日本行きの船に乗せてもらったんだ」

ルーシ氏の自己紹介の仕方から、見た目の雰囲気とは異なる性格の人物だと判断した。風貌に似ず言葉遣いは摧《くだ》けていて、やや荒っぽいところがあった。肩を張っている様子も見えるのに、下品な感じはあまり受けなかった。

「福井にいる外国人は俺と君だけだ。せいぜい仲良くやろう」

僕は、彼の話してくれたその他の身の上話や日本でのこれまでのことが、言葉通りなのかは気になった。彼とは長く付き合うことになるので、いずれ本当のことが知れるだろうと、強いて問い直したりはしなかった。

むしろ僕は、自分自身のことについてはある範囲の中で率直に話そうと思った。その方がこれから付き合いが楽になるはずだからだ。ルーシ氏のことを僕がもうかなり知っていながら知らんぷりにしているのと同様に、彼も知っているはずであり、僕が隠しだてしていると感じさせるのは、始めから無益だと思ったのだ。

「僕の母方はスイス人、父方はウェールズ出身です」

父は船乗りや石炭商をしていたが、父の事務所が火事に遭ってしまい生活に苦しんだこと、教師として生計を支えている姉妹や船員の兄たちのこと、そして、僕自身の経歴を大体ありのままに彼に話した。

彼は途中に口を挟まず、じっと聞いていた。

「君は何の苦労もなく教師になった人間かと思ったよ」

彼も僕の第一印象を誤ってとらえていたのである。

「今の話を聞かせてもらった後も、そんな風な男には見えないな。君は育ちのよい優等生タイプに見えて得をしているよ」

「運よく周囲の応援があって、大学を卒業できただけですよ」

「ともかく会ったばかりの俺に、あれこれ隠さず話してくれて嬉しい。お陰で気持ちが通じる。友人になれる」

噂ではルーシ氏は、明けっぴろげを売り物にしている英国人らしいのである。実際にも、彼の方がずっと詳しく自分のことを話してくれたのである。

「この国の人間は、なかなか自分のことを話そうとしないからな。もう来て九ヶ月にもなるが、福井の誰がどんな人物なのか、信用できる人間なのか、今もってよく分からんのだ」

「たった一人の外国人の君までが、もしそんな人間だったらがっかりだからな。これで困りごとが一つ減った、安心だ」

ルーシ氏の酒がだいぶ進んだ。

「日本人は嘘つきではないが、俺に言わせれば、滅多に本当のことも喋らない」

「君は日本語が得意だから、日本人の奇妙なところをことさらに強く感じるのではないか」

「言葉からくる問題ではないんだ。彼らは三つのことを言うべきところ二つだけにする。残り一つを黙っていたら、嘘はついていない。でもそれは本当の話ではないんだよな」

「僕は駆けだしもいいところで何とも言えない。通訳付きの、しかも上っ面だけの理解レベルだから」

彼は久し振りに遠慮なく話せる相手を見つけたせいか、堰を切ったように話した。僕も彼の英語を聞いているだけで頭がすっきりとして、この一週間のストレスが発散できた。

「彼らには彼らの付き合いがある。一人ごとに細かく序列まである」

「侍たちは上下に敏感だよ。驚くほど互いのことを知っている感じだ」

僕は福井でのまだ短い経験を話して同調した。

「そうだろう。それで彼らの世の中が成り立っているんだ。本当のことを言って人を傷つけてしまうと、取り返しがつかないんだろう。あとで少しぐらい喜ばせても元通りにはできないと思っている。彼らは皆、周りから嫌われることを本能的に恐れているのだ」

僕はルーシ氏の熱心な話し振りからして、これから自分たちの代弁者になってくれる場面があるのだろう。福井での彼の忿懣《ふんまん》、長い世馴れた経験は、僕を助けてくれる力になるはずだと感じた。

彼は熱血漢とまではいかないが、かなりの雄弁家のようだ。

「しかし君らアメリカ人が、自己主張を強くして、あれこれ都合のよい理由を持ち出したり、自信ありげに大言壮語するのも、嘘といえば嘘になる」

「あなたのことじゃないけれど、イギリス人も抜け目ないところがある。ここでは、言うべきことははっきり言わないと、生きていけないでしょう」

　僕はわれら二人も同類という顔をして、彼の意見を牽制してみた。

「うむ。ともかく要するに、ここでは少々のことは我慢をして生活しないといかん。曖昧さは彼らの長年の習慣になっている。子どもの頃から教えられた習性なのだ。よほど新しい真反対の慣習を持ち込まなければ、この怪物に打ち克つことはできない」

　ルーシ氏の主張が、彼の周辺の人たちに対する批判として正当なのかどうか少し疑わしくも思ったが、今晩のところは彼の聞き役に回ることに徹した。

　召使いの佐平が部屋に入ってきて、皿を下げ茶を出した。ルーシ氏は、君と佐平とはもう会話が通じるだろうと言って、彼の勤勉ぶりを褒めた。

「これまでのところ、俺も君も運に恵まれている」

　彼の真意を測りかねて訊ねた。

「それはどういう意味ですか。佐平や、学校ヤコニンたちのことですか」

「いやそういう意味ではない。若い人に教えるのは面白い。俺たちにとっても勉強になる。こんな仕事で月に二百ドルももらえるんだから福井藩は気前が良過ぎる」

「そう思う」

「それに君は恩師に頼んで条件を吹っ掛けたらしいじゃないか」

　もう僕のことが分かっているのだ。

「正当な要求、互いのためだよ」

フルベッキ師の年来の友人であるかのようなルーシ氏の口振りには賛同できなかったが、やや冗談めいた言葉でもあるので受け流しをした。

ここまできてようやく、ルーシ氏に対し僕から聞きたい問いを発する余裕を見つけた。

「福井の一年近くの生活は快適でしたか」

僕は、自分が今一番気になっていることを訊いてみた。

「探すものと見つかるものが、食い違うことはよくあることさ。君もそう思うだろう」

「まだ一週間なんだが、落胆することが増えないか心配なんだ」

ルーシ氏は、良いことも悪いこともあり文句も言えまいというように首を振り、古い屋敷の高くて黒い天井を見上げた。僕も上を見て、この恐ろしく頑丈にできている黒い古木の骨組と板張りが、未来に向かおうとする僕たちを圧迫しているように思った。

「カインド、親切だよ。ウィリー、福井の人たちはともかく親切だ」

そんな単純な見方はどうなのかと、疑問をぶつけてみた。

「フレッド、我々西洋人の誠実さや道理が、日本人から嘘の屈辱を受けるって、さっき不平を鳴らしたことと矛盾しないのかい」

僕も彼の名を親しく呼んだ。

「彼らの親切と本当のことを言わないのとは、礼儀のレベルが違うんだ。親切なのは元来そうなんだろうが、それは外国人が遠くから福井のためにやって来たと感謝しているからだろう。本音とか嘘の話は信頼関係の世界だ」

「このような古い屋敷の重みに何百年も囲まれて暮らしてきたのだから、思うこと為すことは僕たちとは変わるはずだろう」

彼の話は、僕が短時間に抱いた福井藩に対する見方とそう遠くはなかった。

「要するに、俺たち外国人は買いかぶられているのだ。残念ながら福井藩でも不安定な世情になろうとしている。彼らも余裕を失いつつある。金や物も十分ではない、福井では殿様から町人まで贅沢はほとんどしていない」

福井の人たちの親切こそ、僕の不満を和らげてくれる薬だと思っていた。

「親切は、神が人間に与えてくれた誰にでも実行できる唯一の美徳だからね。でも実行は簡単でない。わずかな損得のために見捨てられる。異教徒の親切には感謝しないといけない」

「同感だよ。彼らは親切心だけは溢れるほど持っているんだ。そして嬉しいことに、それを惜しみなく我々に与えようとしている。殿様からのお達しもあるのだろうけれども。親切でない奴も世の中には沢山いる。善良な人たちと一緒に生きていることをありがたく思わなければ、神の裁きを受けるというものだ」

彼は教師としての内輪の話を持ち出した。話題がまた学校のことに戻ったのである。

時計が時刻を打った。

（二）

召使いの佐平たちは、今日の夕食をいつもより奮発し、僕たちの好みに合ったものが出たので、十分に満足した。

二人だけの長い話が続いて、僕はようやく疲れてきた。ルーシ氏は話を止めず、元気なままだった。今晩はルーシ氏との初めての夕食となったが、これから毎日の食事は、同じ屋敷に住んでいても自分ひとりで摂った方が良い選択ではないかと考えた。

「明日から、すぐに学校だな」

ルーシ氏が、僕の最大の関心事である学校のことを話し始めたのでヤレヤレと思ったが、彼の学校に対する観察は、注意深く拝聴しなくてはならぬ話題だ。

「福井の学生たちは、俺らが教える分野のことは無知であるし、逆に俺たちが知らぬことは熟知している。学生たちは、意欲や能力に差はあっても、我々の弟たちよりも気品もあり、人格も高潔だ」

「侍の子たちは進歩が早いと思う。ただ理論というものに弱いところがある」

僕は第一に感じたことを言った。

「彼らの品格は上等としても、彼らの現状での知識不足は歴然としている。時代に追われているから、急いで知識を叩き込んでいかなければだめだ。順序や軽重は気にせずにだ」

「ルーシさん、生徒たちには時間が貴重だ。彼らの時間は早足で進むけれども、だからといって方法論や体系は無視できないからね」

僕は教え方の原則というものに絶えず注意が働く性格なので、経験一本には賛成できないのである。

「俺の頭も若い彼らの頃と比べると早くも悪くなっている。用意をした準備も全部は記憶できず、不完全な授業をしがちだ」

僕は彼の澱《よど》みない話を聞き、また率直に返答しようとした。そのため、互いの話が噛み合わないなりに、彼は気分よく多弁であった。

「計画と実行は大事だろうが、どうやったところで、学校での教育は外面的なことに流れ、それで終わってしまう。生徒は結局、自分で学ばないといけない。教室の授業はきっかけになるだけなんだ」

僕にも、教師としてのラトガース大学での実績と誇りがあるので、言わねばならないことがある。

「クサカベ君には僕はラテン語の個人教授をしたし、ヨコイ君の兄弟たちやテジマ君らには英語を教えた。彼らは高い使命感を抱いた日本の若者だった。時間に追いつめられて、命を縮めた諸君もいる」

「クサカベ君のことは聞いている。君の無念さも分かる。教師と生徒の熱心さを、大事でないとは決して言っていないよ」

「そう言ってもらえるとありがたい」

「しかしウィリー、教師は子どもに好かれなくてはならない。大勢の生徒に対し教師はたった一人、注目もされる。これを子どもから好かれていると勘違いしてはいかん」

彼は僕の名前を短く呼び、物言いはさらに単刀直入となった。

「俺たちは若くて目新しいのが唯一の取り柄だな。それだけのことなんだ。どんなに下手な教育をしても子どもらは我慢をして、俺たちの失敗作を聞いてくれる動物だ」

「ところで…先輩の俺を追い出すようなことは絶対してくれるなよ」

僕は、彼が突拍子もない言い振りをしたので驚いた。

「それはどういう意味だい。君と僕は同じ外国人の教師でも、専門の分野が別だから有り得ないことだ」

どうやら彼は、今まで独占していた地位を僕と分け合うことに、一抹の不安を抱いているのだ。僕は自分の立場をはっきり繰り返した。

「そんな懸念は全くのご無用。日本語を満足に話せない僕が、福井の学校で英語を教えることはできない相談だ」

彼はこの言葉を素直に受け止め、満足そうな顔をした。

「ヤコニンたちとこれからは交渉するのに、孤軍奮闘の立場ではなくなった。俺も心強いよ」

最後に彼は忠告だと付け加えた。

「ウィリー、君も経験済みだと思うが、どこに行っても唐人、外国人は注目の的だからね。増長しないことだ。そして気を許すな」

食事をし終わった後、多弁のルーシ氏が年齢よりもずっと老けて見えた。僕とほとんど同年輩であるはずなのだが。

二人目の外国人教師の僕としては、彼に続く後輩でしかない。彼の方が僕の知らない福井での経験を一年間余分に持っている。僕はそのことだけで自然と遠慮を感じる立場になる。

僕が福井に着いてしばらく彼は不在だったので、僕のほうが先にいたような錯覚をしていた。しかし彼は先輩として現われたのである。彼との時間差のハンデキャップを日々埋めていき、なんとか追い越さなければならないのだ。

佐平が終わる頃合いをみて部屋に入ってきた。火の用心のことを注意した。

（三）

次の朝から、学校の中では新旧の外国人教師が前後して入れ替わり、生徒にとっては普通の序列の二人になった。

生徒たちは好奇の眼でもって二人を比較して眺めた。突飛なことが起こるのではないかと期待しているようでもあり、それ以上に僕の教師としての実力をもっと知りたいと待ち構えている様子でもあった。

生徒たちと談笑するルーシ氏のざっくばらんな姿を目にするにつけ、福井での地位を築いてきた彼の行動を観察し、参考にしなくてはと感じた。

僕の教師の仕事は、始まったばかりである。最初の一連の授業は成功したが、身の回りのことや授業の準備に追われた。近況をゆっくりマギー姉さんに手紙で書く余裕のないほど忙しい日々が過ぎていった。

ほどなく白い梅の花の清楚な姿が、あちこちの空き地や屋敷の陰から目に入る季節を迎えた。屋敷の横には土筆《つくし》が群れになって伸び出し列をつくり、小川は春を今かと待ちながら静かに流れている。

足羽川《あすわがわ》を挟んで眼前に見える愛宕山も、枯木と斜面の草叢の色や形に差ができ始めて、福井ではこれから木々の芽吹きが一斉に新緑へと移っていく時期のようだ。

そして、花の咲き乱れる初めての春が近付いて来る予感がしてきた。

寺では盛大な祭りが行われている。城下には寺や神社が多いのだ。町は田舎からの人出でいっぱいになった。彼らは今年の豊作を祈りに来ている。

学校でルーシ氏に会ったとき、彼は学校の役人にひどく腹を立てていた。

「ヤコニンたちは、どれもこれも何故あんな態度をとるのか」

「何かあったのですか。授業のトラブルですか」

僕は、彼が言うであろうことを先回りしてみた。

「今日の最初の授業のことだ、見たことのない男が突然、教室に入ってきたんだ。生徒たちの反応を見て、すぐに上級のヤコニンだと分かった」

「そうなのか、不意をつかれたね。君も驚いただろう」

「別に驚きはしないさ。しかし大事なことは前もって教えておいて欲しいものだ。分かっていたら授業の準備のやりようもあったのにな」

「準備は大事ですよ。最善を見せることが必要です。在りのままは良くない」

僕の信念は外形も重視することである。内容の良し悪しは相手次第のところがあるからだ。

ルーシ氏はすこぶる不満なのだ。

「もっと早目に私に伝えて欲しい。結果が出てしまった後に弁解する。もう元に戻れない頃になって俺に打ち明けるのは、最も立腹する点だ」

「関心事が僕たちとは随分と違っているからね」

「尋ねるまで黙っているのも嫌いな点だ。面倒臭くて仕方がない。自分の口からは言えないというのは人格の欠如以外の何ものでもない。周りを気にして悪者になりたくない姑息な態度だ」

彼の言葉には怒気がこもっている。このような不平顔を見たのは記憶にない。

「君も注意した方がいいぜ。彼らの言うことを聞き逃さないで、想像力を働かせ、ぼんやりとしないことだ」

ルーシ氏はここまで言うと、仕方なしに気を取り直し、彼らしい落ち着いた表情に戻った。

ルーシ氏と初めて会ったとき、彼の話をそのまま鵜呑みにする気にはなれなかった。だがしばらく過ごすうちに、実際にも彼の言い分が、的を得ていることが分かってきた。

結論的にはルーシ氏はつき合い易い性格なのである。

何故なのか理由を捜すと、彼は何でも自分から言ってくれるし、僕のことを訊くようなときは、まず自分の意見やバックグラウンドを明らかにした上で、そうするのである。人間関係のバランスに注意を払っているのだ。だから僕は彼の話に合わせ、割り引きをして応じればいいのである。

僕には岩淵という優秀な通訳がいて、福井での生活も不自由はせずに済む。しかし日本人と話しているとき、自分が相手と本当に話しているような気がしないのである。せっかく本音の話し合いがしたいのに、通訳が入るとその度に議論が途切れてしまう。

しかし日本語が不足な自分には他の手段はないので我慢が要る。英語で直接に話し合える人物は当然ルーシ氏だけ、岩淵個人とは一対一の会話でもそこまではいかない。

通訳では複雑、精妙に伝えようと願っても限界がある。会話が単純に流れてしまう。

学校での授業だと、さらに一方的なものになる。教師が僕なのか通訳なのか怪しくなり、時間は二倍以上かかる。家で佐平とは、ほとんど身振り手振りに近い。

僕は福井のことをもっと沢山知りたいと思い、できるだけルーシ氏を散歩に誘った。

幸いなことに彼は散歩に関しては断るということはなく、ほとんど応じてくれたのである。護衛たちの侍言葉を使うなら、互いに同道して辺りを遊歩、運動、見物をすることにしたのである。

（四）

季節は四月に入った。

雪を頂く白山も中腹までは雪が消えて、山肌は露わに青く霞み始めて来た。山々が近くから遠く重なるように色彩を薄くしながら谷間の奥に伸び、その最も突つきのところに白山の滑らかな山肌が潜んでいる。

知藩事の茂昭《もちあき》殿が、外国人教師の二人を夕食に招待してくれることになった。

日も伸び、麗《うら》らかな陽気の中、ルーシ氏らと馬に乗り二マイル離れた藩主の別荘に向かった。

途中、ルーシ氏が馬上からいつものよく通る声で話しかけてきた。通詞の岩淵は、僕がルーシ氏と話をするときは、自然に馬の歩を緩めて、後ろの方に付いてくる配慮をする。

僕は馬には乗れるが、本当は好きではない。馬に乗っているとき大声で話しかけられるのを好まない。また馬上では奇異な考えが頭に浮かび、動揺が落ち着きをなくすのである。馬の首をすこぶる長く感じ、しかも自分の眼と馬の眼が合わないのである。

今夕の殿様との話題にもと考えてのことなのか、ルーシ氏は国と国との違いの問題を言い出した。

「俺の国は、中国にアヘンを売り込む酷な商売根性をもっている。君の国は僕の国を貶《おとし》めながら理想を唱え、しかも奴隷を使って平気でやって来た。日本に対しては、乞食の仕打ちが哀れだとか、晒《さら》し首は酷たらしい、妓楼は如何がわしい、風紀乱脈の国だ、おそらくそんな風に君も不満を持っているだろう。それは俺たちの方で、鍋がお釜を黒いと貶《けな》しているだけのことだ」

「フレッド、今の話はこれから出る御馳走への社交辞令のつもりですか」

「いや、決してそうじゃない。俺らの方がよほど野蛮で残酷だと言っているのだ」

ルーシ氏は、この国を疑問なく評価しているような口振りである。僕がこれまで付き合ったお雇いたちとは、考え方が違うのだ。

「日本人の方が、どれだけ純粋にできているか分からない。彼らは訳の分からぬ余所者に遣り込められたことはないから、卑屈ではないし、他人を騙そうと狙ってはいない。外国人に警戒はするから、本当のことは直ぐに言わない。かといって危害を加えられないと分かれば善意で接してくる」

彼はまた、お侍たちのものの考え方を言った。

「親への孝行や主君への忠誠が命よりも大事なのだ。俺たちが御身大切と健康や幸せを真っ先に考えているのとは、全く訳がちがうんだ」

「知藩事との意見交換の場では、僕らは一心同体で助け合いましょうよ」

僕が真顔で言うと、ルーシ氏も同感だと言った。二人は馬から下り、素晴らしい春の盛りの風景を満喫しながら歩いた。

「それにしても夕陽に映える春の白山は、実に神々しく艶めかしいな」

実利に積極的なルーシ氏が、雪の頂をピンクに輝かす白山を讃えたので、僕もこの一刻を二人の記憶に残そうと応じた。

「実にロマンティックな光景だよ。越前の白山の姿は、古人が崇めた神々のいますオリンポスの峰の如しだ」

殿様の数寄屋風の別邸は、足羽川が城下を過ぎて西に向かう流れとなり大きく北に湾曲しながら日野川と合流する地点にあった。

八年ほど前に当公の茂昭様が造られたものであり、村の名をとって大瀬《おおせ》御別館と呼ばれていた。

岸辺の青柳などの低木が、薄緑に柔らかくこんもりと茂り、深く水を湛えた漆ヶ淵と呼ばれる辺りに濃紺の影を落としている。

遠くを眺めると、麦畑の緑や真っ盛りの菜の花の黄色が色鮮やかである。河口の三国湊に向かう船の大きく膨らんだ白い帆が、田園の先に動く姿も臨める。

あらゆる木々が本格的に芽吹き、早春の頃よりも山々の姿形がよりはっきりして、こちらの方に近付いて来るような感覚がする。

別荘に着いて、しばらく庭に出て彼らの言う逍遥《しょうよう》をした後、広間に案内された。

春の日はなかなか暮れない。

極上のテーブル、椅子、食器、ナイフ、フォーク、腕のよい料理人、綺麗な小姓の給仕、案内によれば豪華な十を超えるコースの正式の食事が戴けるということだ。

おそらく目の前の川淵で今日捕えた魚の刺身や汁物も出るのであろう。もちろんビールにワインも用意されていた。

歓迎会を催していただいたのであって、その通りの酒肴が出された。

「春宵一刻直千金、存分に歓談いたそう」

殿様は冒頭こう仰せられて、我々の仕事や新しい家のこと、それに母国の近代的な文明のことなどを尋ねてこられた。

我々は素晴らしい眺望ともてなしにお礼を申し上げた。

殿様は始めほとんど聞き役だった。高位の四人のヤコニンたちも同席伴酒していたが、相槌は多く言葉は少なかった。

藩主はゆったり寛がれ、面白い話には咲《わら》われたりされるので僕らは御機嫌を察知して、得意の方面の学校改革のことを手始めに話題にした。

これから学校の定員はどうなっていくのか――

教師の数が少な過ぎる。何もしない役人が多過ぎる――

外国語、数学、化学などの学問上の違いをどう教えるか――

教える学科の間の体系化ができていない――

二人で遠慮なく学校の不満を並べ挙げて、思いの丈を述べた。

「熱心かつ智弁に長け、頼もしい先生たちであることよの」

と前置きされ、話題の外国語教育についてお話しされた。

「両君の説明によれば、英学は学問であるよりも練達と経験に属する分野のものとみえる」

その後、お侍たちが国事を談じるように、さらに僕たちは一国の政治制度とその自由、人民の政治、男女の平等、勤労などに話題を展開した。

しかも酒席の雰囲気が無礼さを消去してくれたのと、僕たち二人の約束でもって、日本について褒めるところは褒めて、お世辞は言わなかった。

岩淵もすっかりいい気分になり、熱心に通訳したので、日本と諸外国の政治、宗教、道徳など話が大いに弾んで、気分爽快な一夕になった。

僕は、特にアメリカの最高執政官は人民から選ばれることに触れた。日本の役人が労働者を尊び、特権階級にも仕事をさせ、女性を教育し、人民を向上させ、国が人民に尽くすようになるまで、日本は偉大な国には絶対になれない、と熱っぽく論じた。

しかし話していて、殿様は、我々が申し上げていることは先刻ご承知のことなのであろうと感じた。おそらくもっと切実な政治上の難題にご苦労され、お気持ちが一杯であるようにも推測した。外国人の若い者からも少しでも参考になる意見が出ないか、期待されておられたのかもしれなかった。

話が途切れたとき、ルーシ氏は不躾《ぶしつけ》に問うた。

「殿様はなぜ北隣の加賀殿と談合して、幕府の改革をされなかったのか」

機微にふれた話題であったのか、殿様は即座にはお返事にはならなかった。しばらくあって、殿様はやや思い返されるような面差しをされた。

「加賀藩は生き残るため幕府に忠誠を誓い、細心の外交に専念した藩である。幕末に至っても難局に知らぬ振りをしていたのかも知れぬ。福井藩と加賀藩が連合を企てることは、労多くして功少なしと互いに背を向けてしまったのか、もっとやりようがあったのかも知れぬ」

ルーシ氏が思い切った質問をしたので、僕も知りたいことを慎重に申し上げた。

「改革を望む各藩や朝廷から声望を集められた大殿の春嶽様が、参勤交代の緩和を主張して実現されたご英断には、敬服をいたしております」

「各藩誰もが願っていながら公言できぬことを唱えられて、実行された。これを討幕派への利敵行為であるとか、理屈倒れだと見なすのは、大政奉還を誤解したことになろう」

当公は一同の者をぐるりと見廻して続けられた。

「大殿は、この国の新しい時代の到来を切に願ってこられた。わが宰相公を支え命を落とした橋本、横井両君もまた然りだ。それに三岡もな。これからは、本席のそちたちの力がぜひとも必要じゃ。福井藩の正直一途の主張は役立たずの策ではない」

殿様は、教師の外国人に対して伝えたいお考えがあったのである。

続く言葉を待った。

「大殿が近代化のために最も力を入れたのが教育。君たちが教鞭をとる明新館、これの前身である明道館の振興は、大殿の念願であった。昨年、一切の公職を退かれるまで、多くの支えの人材を失っても、明治政府の大蔵卿や大学別当として諦めることなく改革にあたられた」

そして、最後にこう言われた。

「こういう藩が、君たちのいま教えている福井藩であると思ってくれ」

僕たちは酒宴の間に喋々《ちょうちょう》と語り合い、殿様のご高談も承ったので十分満足した。

宴が閉じられるとき、殿様は明後日の四月三日、東京に向けて出発すると仰せられた。


春の夜もとっぷりと暮れた。

僕たちは野中を急ぐ馬上の人となった。

美しい月が天空を清く照らし、路上一面を神々しい光の洪水にした。

僕は今夜の席で、日頃の抱負をほとんど余すことなく話し、殿様にも多くのことが是として受け止められたと信じ、夜風の心地良さに浸っていた。

馬の歩を緩めてルーシ氏が話しかけてきた。

「俺は、今の福井藩が気に入っている。藩を失くす動きがあるらしいが、君の国のように金儲けの商売人や成り上がり者が元首になるような政治に、日本が変わる理由がどこにあるというのかな」

茂昭様から、日本の改革がどんなものなのか、福井藩の役割など複雑なところを絵解きして戴いた。

納得がゆかない点もあったが、ここ数年来の政治の大筋が頭に入ったのである。

目下の展開は少なくとも日本にとって悪い方向ではないという感想を抱いた。

「殿様がおっしゃったように、僕たちはこの国や福井藩を近代化するために呼ばれたんじゃないかな」

「ウィリー、福井の人たちは幸せそうだが、彼らの簡素な幸福と俺たちの幸福と同じだと見ては間違うぞ。幸福は沢山のことからできているから、よく見比べる必要がある。俺たちが福井の人たちの幸せに役立つ仕事をしているかどうかが問題だ。彼らがこんな状態で落ち着いていられるのがだいたい不思議だろう」

「今晩のことでも、君は直接この国の言葉でやりとりできるから羨《うらや》ましい」

ルーシ氏はよくぞ言ってくれたというような顔をした。日本語の能力は、彼の唯一のアドバンティジなのである。

「俺だって、今晩の政治の話題は、すこぶる理解や納得が難しいのだ。言葉の問題を越えた知識の問題だ。外国の言葉は外国のことを知るために学ぶべき筈のものなんだよな」

「僕なんぞなおさら腑に落ちないことが多い。後で分かっても遅いからね」

「外国人が日本の言葉を身につけ、日本の社会を知ることは、すこぶる難しい業だ。五年間も実地に学んだ俺も、まだこの程度でしかない。相手の言葉からも本当の気持ちを掴むのは楽じゃない。まして高度な話題ならなおさらだ」

「君の今晩の雄弁、それに殿様の反応を見ても、とてもそんな風には思えなかった」

「いや、今晩はつい出過ぎてしまった。反省をしている」

「そんなことは決してない。僕は座談が苦手不得意であり、話題に切り込むタイミングをいつも失う」

「ともかく、俺の日本語能力をしても、言葉が十分に通じないもどかしさがある。漢字も二千文字は知らなきゃならぬ。だんだん勉強すれば分かるさ」

「そう期待したいね」

町の灯りが近付いてきた。僕たちの馬は橋を渡り、屋敷の庭に影をつくる高い松樹の下を進んでいった。

（五）

ルーシ氏は生徒が周りにいる場合でも、かまわず教育論議をする。今日はフランス語の生徒と一緒だ。彼には独自の学習理論があって、何度も聴かされている。

「日本人の学生たちが英語を習得する方が、はるかに容易だと思う」

「英語と日本語の距離は相互に同等だろう」

「そうではない。英語は単語をできるだけ知って、あとは決められた順序で並べれば済んでしまうからな。単純だからといって野蛮ではなく、文明的なのだ。そしてその定まった語順を学ぶことこそ必須の学習ポイントなのだ。これは俺の経験から学んだ理屈なんだ。英語は話す時間の順序に従って、規則正しく順序が決まる言葉なのだ。変化も活用もほとんどない。難しい言い回しなど数も限られている。音声と綴字がズレているのは唯一問題だ」

彼には全く教え方の方法論が欠如しているのかと思うのだが、そうでもない。

「それにウィリー、福井の生徒たちは、俺たちみたいに傲慢ではなく謙虚だよ。懸命だから上達も早い」

だからといって英語の教師が英語と日本語がうまく話せるだけで十分だ、とする考えには僕は賛同しない。

ルーシ氏の教授法が実践的には正しいかも知れないとしても、理論を正式に学んだ英語教師が日本人には必要なのだ。

僕がこんなことを主張した場合、フルベッキ師を批判していることになる。師が福井藩の要請に緊急に止むを得ず応えた結果が、ルーシ氏の派遣であったのであり、むしろ福井藩の判断が安易なのだ。

「結局、英語は子音中心の不明瞭な言葉だからな。日本語のように母音に気を取られるなと教えている。強弱に気を付けろと言っている」

ルーシ氏は学生たちを激励しているのか、挑発しているのか――

「ウィリー、君は日本語を学ばなければ、日本に居たことにならんぜ」

ルーシ氏が日本語を身につけたのは滞在期間からして不思議ではないのだが、僕も時間の差をいつまでも言い訳にはできない。日本語を覚えなければ何も始まらないという彼の考えは、間違いではないだろう。僕自身の為にやらなければいけないのだ。

学校が終わって特に予定がないときは、僕とルーシ氏は互いに遠出に誘い合った。彼は出不精なところがあったが、気晴らしや目新しい場所の散歩にはほとんどの場合付き合った。

ルーシ氏と僕が並んで行動すると、ともかく町の人がぞろぞろ付いて来た。特に止まって買い物をしたり、初めての道に入ったりするときは、そうなのである。

町の中で会った年を取った婦人は、僕に対し憐れみの目を向けた。皮膚の色と言えば茶色っぽいのが当然なのに、こうした婦人たちは、僕の漂白したような白っぽいのを見て気の毒がるのである。

言葉が即座に通じ合えるのは二人だけなので、彼は往来上でも平気で、思いついたことをよく通る声で話した。

ルーシ氏は、学校での僕の調子を訊きたがっていた。

「ところで学校は馴れてきたかい。生徒の受けはどうだ」

「みんな熱心に良く勉強する。来たばっかりだが教え甲斐があるさ」

化学のことをルーシ氏に説明するのも苦労であったし、生徒の把握もまだしっかりとはできていないので、一般的な答えに止めた。

ルーシ氏も一般論を述べたが、すべてを覚《さと》っているようだった。

「知識を得たいという熱意が日本人に特有な性質と思うと間違いで、誰だってそう考えているのだ。しかし新しい時代を迎えた日本人は尋常ではない。だからこそ、福井藩は我々のような学生同然の者にも、知識を得るために必要な限り大枚をはたいてくれる」

「それだけ期待されているということでしょう。僕たちが福井の未来を切り開く一つひとつの力になるのですから」

ルーシ氏は、僕に同調せず首を捻った。

「これもしばらくの間のことだろうがな。私と同じ国のアーネスト・サトウが、四年も前に福井に大使館のミッドフォードらと来ている。他にも来ている。外国人も珍しくなくなるだろう。俺や君が福井での初めての特別な外国人ではない」

「教師としては僕たちがさきがけでしょう。注目されているはずです」

「俺は評判は気にしない性格だ。しかし前にも言ったが、君は特別だと自惚れてはならないのであって、評判は気にする必要がある」

僕は、話題を変えようと思い、今一番の悩みを打ち明けた。

「フレッド、たまに国のことが恋しくならないか。ここは君と僕だけしかいない。江戸や横浜には異国人がたんといてご活躍だけれども」

ルーシ氏は、考えを巡らせていた。

「はっきり言って、われわれは身寄りのない人間、祖国からも肉親から離れて生きているな。あまりに遠いから心配したってしょうがない。気にかけてくれる相手が傍にいないってことは、いないも同然だ、淋しい限りだが。君らの先祖もそうなんだから、特別変わったことをしているわけではない。それから何代か後に生きている俺たちは、違った喜びを見出す必要がある」

「僕にはそこまで割り切れないな」

僕のつぶやきめいた返事に、ルーシ氏は反応した。

「ウィリー、君のやることに文句は言わん。でも自分としては、君とやっていけるつもりだ。意見の同じでない分野は、放っておこうよ。同じ屋根の下に住んでいても、余計で不愉快なことは、避け合ったらいいんだ」

「そんなに冷静になることもないでしょう」

「内緒ごとは、ちゃんと秘密を守るよ。よろしく俺のことも頼む」

（六）

田んぼに植えられた苗がたくましく背を伸ばし、美しい緑が広く谷間を覆った。

おたまじゃくしの楽園は蛙が跳び回る楽しい舞台に変った。田んぼはすっかり泥の海と化し、稲を作る村々や小山が水を張った田んぼの中に島のように浮かんで望めた。

五月の終わりの晴れた日、いつものように僕はルーシ氏と散歩に出た。

「福井は絹糸を取るのに絶好の土地だと思う」

僕は、ルーシ氏が絹の商売を計画して蚕を飼っていることを、岩淵から聞いていた。

「俺の計算では、年二千ドルを超える儲けが出せると目論んでいる」

彼の商売気のある算段をこまごまと聞くのは好きではない。

「僕たちは、この藩の子どもたちに教えることが使命です」

彼は、僕をじっと見た。

「アグリーメントのことかい。君は商売をやらないという約束を藩と結んだらしいが、これは藩の侍どもの見解であって、我々のモラルではない。商売は大いに結構だと俺は思う。俺も君も金の心配をしないで済みたいし、金儲けをしてはいけない理由はどこにもないだろう」

僕は、頷くように黙っていた。

「契約以外のことに気を取られて、つまらんことをするなというのは承知できる。君だって教える以外にこうして毎日の半分は、気晴らしや暇な時間を持っているではないか。有効な仕方で時間を使って収入を増やす工夫、つまり時は金なりとフランクリンも言っていることなのだ」

彼は断言口調である。

「それとこれとは別でしょう」

「そうかな。もし馬上の君が突然に今、何を考えているか訊かれたとする。すると君は返事ができまい。教育以外のことを考えていて、俺もそうなんだ。女のことや金の心配、家族の身の上のことを考えてはいないか」

「何でも君と同じにしないでくれ」

「ウィリー、俺たちの教師の仕事だって、商売でなくて何なんだ」

彼はさらに調子を上げた。

「それにしても先生、先生と子どもたちから呼ばれて、なんと肩身の狭いことか。好きなビジネスが片手間でしかできない。からっきしだ。これでも子どもだけには迷惑のかからんようにしたいから、俺なりに世間の受けは気にして、教えているのだからな」

僕の信条に間違いがあるとは思っていない。ルーシ氏の言い分もそれとして理屈が通っているのである。

「子どもは教えることの目的だ。教師の手段に用いるものではない。教師の評判に使ったり、ましてや手伝いなどさせてはならない。とにかく若い者はよく遊ばせようじゃないか」

田園の風景も日々変わっていった。

六月の初めになった。

美しく晴れた日にルーシ氏と街道を南の方に向かって散策した。まもなく、雨が一か月以上降り続く季節になると聞いていたので今日の天気をみて、是非にと彼を誘ったのである。岩淵と護衛の井上も付いてきた。

城下を抜けた。郊外の田野は生気に満ちたおだやかな緑一色に包まれていた。田植された稲は、若いうちが最も美しいと彼らは言う。山々はくすんだ深い緑の塊になり、妖精の国のように美しい。これらの山野が福井の伝承と物語の生息地なのである。

麦畑はまるで秋のように黄金色の実りの時期を迎え、あちらこちらで刈り取りが行われている。その横の畑では、細長く鞘が実った植物を採取する人の姿が見られる。

僕は、ルーシ氏の護衛の井上の方に目をやった。

「あれは何ですか」

「菜種です。春の美しい菜の花が実ったのです。その種を、収穫して、圧搾すると油になる。食用や灯火として使うのです。搾った残りカスも大事な肥料として畑に戻されます」

井上が丁寧に説明してくれた。

「おい、あれを見てみろ」

井上の説明をぼんやり聞いていたルーシ氏が、前方を指さして叫んだ。

「あそこの建物でも蚕を飼っているだろう。桑畑もいっぱいある。かなりの規模じゃないか。福井は絹糸を採るのに絶好の土地柄なんだ」

ルーシ氏は至極満足そうである。

「君の飼っている蚕は上手くいきそうか」

僕は、彼の商売に口を出すことは控えてきたが、今日の道中が面白いものになると期待して、敢えて聞いてみた。

「間違いなく上手くいく。俺の計算では投資した四十五ドルは、二千ドルに化けるはずだから」

一週間前にも彼は数字を持ち出して商売のことを熱っぽく語っていた。また同様の取引話を聴かされるのかと思った。

「馴れない商売でも大丈夫かな。蚕の飼育の仕方をどこで勉強したんだ」

「横浜での知人に蚕を飼っている奴がいたんだ。あらかたの方法を訊いただけだ。俺は実地の経験主義だからな。検討に時間を費やすよりは、とにかく直ぐに自分でやるか、他人にさせることにしてるんだ」

岩淵や井上は、変わったことに手を出す外国人の姿に関心があるような顔付きだ。僕は彼の行き当たりばったりの商業主義の総論も各論も反対である。うまくいかないと思っていた。

「成功したら、君も一席誘いたいな」

何をするにも事前の準備が大事であり、彼が成功する見込みはないと僕は内心で踏んでいたのだ。そこで僕は彼の話の腰を折るような返事をした。彼は、僕から井上と岩淵に視線を移した。

「目の前に二人の外国人がいる。どちらも福井藩に乞われて来た人間だ。君らが見習うべき先生は一体どっちかな」

護衛と通詞は、返答に困ってにやにやしている。

「まあいい、決まった仕事だけに満足していては半人前だ。御身大事は、これからの世の中で生きてゆけない」

まさか僕へ当てつけを言っているのではなかろう。

彼の文明観は専ら儲けることに有り、この国の歴史、道徳、文芸のどの面にも興味がないのだ。さらに、日本人に対しても金儲けを切望している態度なのである。もちろん彼にとっては正しいのかもしれないが、僕はそうは思わない。

僕はマギーへのその日の手紙に今の正直な感情を書くことにした。

――幸福というありふれた事柄を見ても、日本は世界で最も幸福な人で満ち満ちている。簡素で平穏に人の気持ちを浮き立たせて人を不幸にするものが何かを知らぬまま生きていて、平和と素朴を楽しみながら日々を過ごしている。

　藩主殿は主として米と魚を食べて生きている。すべての身の回りのものは質素である。確かに藩主殿は西洋の君主のように幸福である。日本人に関しては、日本に来てから言い争うのをあまり見たことも聞いたこともない。飲んだくれもきわめて少ない。人間の文明を歪める罪悪の多くが全く不在なのである――

（七）

雨降りの日が続くようになった。母国では九年前の六月六日は、北軍がメンフィスの闘いで大勝利を収めた記念日だ。

　雨が上がっているのを確かめて、彼を散歩に連れ出した。

　このところ、ルーシ氏が塞ぎ込んでいるのが気になっていた。

「俺は契約の更新はして貰えない。もうすぐ福井藩もなくなるという噂だ。俺の仕事振りというよりは、外国語の教師もだんだん要らなくなり、体制も変わり、資金も不如意なのだろう」

　ルーシ氏は、福井藩との契約が延長されるものだと期待していた。彼は一年契約であった。ところが、再契約の意思がないと福井藩は彼に告げたというのだ。

　彼は解雇の理由を、福井藩の財政困難のせいにした。いつもの自由自在な話しぶりは影を潜めていた。

「福井でちょうど一年、ここが潮時だ、立ち去ろうと思うのだ」

「契約終了は、藩の事情に変更が生じたのだろうか。君がいなくなると僕も困る。次の当てでもあるのかい」

「そんなものないよ。とりあえず東京に向かうしかない」

彼は前を見たまま、抑揚のない言葉を返してくる。

雲が重くなり、雨が落ちそうな天気になってきた。

僕は西の山並みを眺めたが、まだ峯の輪郭は低い雲に隠れていない。佐平からは、山が見えなくなると雨だと教えられていたので、ルーシ氏に早めに帰路に着くよう促した。

ルーシ氏は帰り道、

「六月末に福井を去ることになる」

と改めて僕に言った。


ルーシ氏が福井を去ることを聞いてからというもの、僕はいろいろなことを考えながら毎日を過ごした。彼と生徒たちのこれから、藩が新築の準備を進めてきた僕たち二人の住宅のこと、それに僕自身のことについて。

井上が一週間と少し前に結婚したニュースをその翌日に聞かされた。残念なことに、彼と花嫁の晴れ姿を見ることはかなわなかった。ルーシ氏は、僕と岩淵を誘い井上の花嫁を見に行こうと提案した。

僕たちは、屋敷を出ると通りを東に進んだ。舟蔵門を抜け城下の南の外れ、足羽川の川っ縁にある井上の家に向った。

きまりの悪そうな顔をした井上が、我々を出迎えてくれた。

顔を赤らめた十六歳になるという若い娘が横に寄り添うように立っていた。彼女の歯はこの国の風習により黒く塗られているが、顔は驚くほど整っており美しかった。花も恥じらう初々しい少女のような井上婦人が、茶と大豆に砂糖を混ぜ合わせた珍しいお菓子を振る舞ってくれた。僕たちは、それぞれ一通りの祝意を述べた。

ルーシ氏の口がいつになく重いので、僕の方から会話の口火を切った。

「井上さん、結婚のことを事前に知らせてくれないとはひどいじゃないか」

「先生たちに出て来られると大騒ぎになり、結婚式どころではなくなりますよ」

井上は冗談めかして名答を示してくれたが、意外と本心なのかもしれない。

「グリフィス君は奇妙な趣味を持っていて、冠婚葬祭を見たがる先生なんだ。赤の他人の儀式の場に行く心理は、俺には全く理解できない」

それまで黙っていたルーシ氏が、いつもの調子を出した。

夫妻へのお祝いの訪問の場で僕の関心を、ルーシ氏から話題にされた。それも初対面の女性を前にである。

「先生の国と違って、結婚式はごく身近な者だけが集まりひっそりと行うのです」

岩淵も日本の習俗について言った。

僕は、この国の文化を何でも体験し、自国の習慣と比較し、記録し、活字にしたいという好みを持っている。しかも、中途半端に見て済ますことは自分の性格が許さない。

ただ、岩淵の言うことも事実なのだろう。僕は自分に向けられる好奇の目を軽んじていた。僕の振る舞いが彼らの常識を乱しているのではないかとの思いが頭をよぎった。ルーシ氏が言ったことも普通の感覚である気がして、僕は何も言わなかった。

「ルセーさんに、お礼を言わないといけないことがあります」

話が一段落したところで、井上が奥さんの方に目をやり、調子を改めた。

「グリフィスさんも岩淵さんもご存じないでしょうが、私は去年、先生の鉄砲の手入れをして暴発させ、傍にいた馬を傷つける事故を起こしました。大騒ぎになり、私は御役御免になってしまいました」

「そんなことがあったのか。それで何でまた、先生の護衛役が務まっているんだい」

この話はルーシ氏から聞かされていなかった。

「後から知ったのですが、今年の一月にルセーさんが東京に行く際、護衛を私にするよう頼み込んでくれたそうです」

「ヤコニンは余計なことはべらべらしゃべる。大事なことは言わない癖に」

ルーシ氏は呟くように言った。

彼は、広く人と交わりはしないのだが、いざ仲間となった人間に対しては情が強い性格なのかもしれない。井上の妻も頭を下げた。

「そういえば、決まった女性はいるのか」

井上の家を後にして屋敷に戻る道中、ルーシ氏は岩淵に質問を投げかけた。岩淵は即座に首を横に振った。

「この国では君らの年齢で結婚するのが普通なのだろう」

「そうかもしれませんが、僕はまだまだです。もっと勉強もしたいですし、お金も貯めないといけませんから」

「グリフィス君の通詞をして、考え方まで似てきたんじゃないのか」

僕は彼の的外れな話し方に反撃した。

「ルーシ君、そんな言い方はないと思う。この国では、男女の仲も物事の順序を大切にするのだよ」

ルーシ氏は、間接的に僕のことを面白く話題にするような態度が最近増えた気がする。

岩淵は自嘲気味に笑った。

「私は、井上さんのごとく文武両道ではないし、男らしい面構えではありませんからね」

彼は体が華奢《きゃしゃ》で性格も優しいのであるが、髪はふさふさした洋髪であり、福井では際立ってあか抜けた風貌なのである。

「男は見た目じゃない。岩淵さん、君の仕事振りはなかなか実力派だよ。その気さえあれば、女は君のことを放っておかないだろう」

ルーシ氏のこの類いの話のときは、僕の出る幕ではない。

「井上とはもう一年になるが、気楽そうに見える奴に限って手が早い」

「井上が急いで結婚したのは彼の父が二年前に急死し、家督を継いだからではないかな」

「それにしても羨ましいかぎりだ。井上も家柄がいいのだろうかな」

ルーシ氏が話題を井上の夫人に移したので、僕は花嫁の顔をまた思い浮かべた。実に美しい女性であった。


僕はエレンのことに思いを馳せた。

孤独という厳しい現実が僕を苦しめている。こみ上げる気持ちを抑えることは容易ではない。僕が最も悲しみ最も酷く困っていることは、何か愛するもの、何か抱きたいもの、少なくとも僕と気の合った魂が、僕の近くに存在しないことなのだ——。


ルーシ氏と別れる三日前にまた夜の散歩をした。

非常に暑い一日で、授業もし、昼寝もしたのだ。夕べの家では煙をいぶして、蚊を外に追い払っているところに出くわした。

なんだか浮世を離れたような気分になって、互いにシェイクスピアの話までした。

「しばらくのお付き合いだったたな。だが一度つながりのできた奴とは、もう二度とお断りと思っても、また後で一緒になることが多い。これは俺の経験からも真理なのだ」

彼の話し方には歓迎できないが、僕は調子を合わせた。

「類は友を呼ぶ。しかし例外のない規則はない」

「もちろん君は良い奴だ、それはともかく俺を忘れないで欲しい。何十年後にでも」

「逆も真なり。僕のこともきっと忘れないで覚えておいて欲しい」

「長く日本にいて欲しいな。君の国のアメリカは、歴史が浅い。始まったばかりだ。日本の歴史は古すぎるといってもよいくらいだ。日本語は、話すと書くとではずいぶん難しさが違うし、昔の歌や物語を理解するとなると一生かかるだろう」

「ルーシー、君とはついぞ文学の話などはしなかった。残念だった」

「君、外国語を学ぶのは結局、その国の詩が分かりたいからだろう。そうじゃないか。いずれにしても、せいぜい俺らの国はシェイクスピアで済むから文学は楽だよ」

さらに続けた。

「またどこかで逢うことがあるかもしれない。そのとき王ヘンリーのように、放蕩仲間だったフォルスタッフに向かって、『お前のことは知らぬ』と冷たく言い放つようなことはしてくれるな」

「どっちがどうなってもね」

僕の得意な分野で彼と話ができ、心地良い会話が進んだ。

「英語辞典を初めて編集したジョンソン博士も言っているではないか。シェイクスピアは、以前の作品を時代に合わせて作り直しただけなんだ。別に非難されるべきでもなんでもない。あらゆる文学は、先人のものの改善なのだよ。全くオリジナルなものなど有るはずがないのだから」

ルーシ氏に、この方面の知識があるのは予想外のことであった。

文学のことから恋愛の話に移った。

僕が福井に来る直前まで、ルーシ氏が仮妻を囲っていたことを話題にした。もう彼も福井の住人でなくなるのだから、思い切って尋ねた。

「フレッド、僕なんかまだ一度も結婚していない。君はどんな真剣さで一人の女性に接しているのか、一度聞いておきたい」

「俺は経験主義者で保守的だ。最初の妻が古い日本の女性として僕を大事にしてくれた。機会があったら再度そうするつもりだ。前の妻を決して軽蔑はしていない。幸せであったから再度なのだ」

僕には到底できそうにない楽天的な人生観の実行である。

「大した自信が有るようですね。女性に好かれることにも」

「申し訳ないが、俺の方が君よりも女に好かれる自信がある。女に軽んじられる男は反省が要る。無邪気な女は男をよく見ている」

「男には女、女には男、ですか」

「君のヒゲと俺のヒゲ、同じではないように、人間の出来具合もちがう。しかし、女が決してそんなものを見ているわけじゃない」

彼の矛盾した表現にうまく言い返せない僕を見て、ルーシ氏は調子を上げた。

「女性を知ることは、その土地の全部を本当に知ることさ」

「人に言えないような話は僕には知ったことにはならないんだ」

「君は、母国の新聞や出版社に小まめに書いて送っていると聞く。それでは首から上の頭だけでの知識と仕事でしかない」

思いがけず僕の最も大きな関心事に話題が及んだので、僕も身構えた。

「ウィリー、君にテンプテーション（誘惑）を薦めるわけではないが、木念人ではリポートも面白くは書けまい。書くための行動は本当ではない。福井の人たちの生活や心情をつぶさに記録するとなれば一人の力では容易ではないぞ。彼らの最近の熱に浮かれたような改革への動き、その一方で古い根っ子をもった今の生活の対比、こうしたことをくれぐれも誤認して報告しないように忠告しておきたい」

彼の話を無視できない自分の内心に気付く。

「君は言うこととやっていることが若干ずれているよ。それに福井の学生の方が昔からの貴族なのだ。我々の方が庶民に過ぎん」

その日はルーシ氏はいつもの元気を戻して、議論が途切れなかった。

「これだけは言っておく。出来の良い子どもだけを集めて教えるのは良い趣味ではない。そんな奴らは君が教えなくても一人でも学ぶものだ。君が仕込んで優秀になるなんて信じたら見当違いもいいとこだ」

彼の信念のすべてを、一つも言い残すことのないように僕にぶつけてきているような気がした。

「君も仕事は慣れてきたようだから、ついでに女に惚れるのも悪いことじゃない。日本の女はアメリカの女ほど恐ろしくはないと思う。鳥のような目つきなんかしていないだろう。言葉はあまり要らないし、じっと顔を見れば気持ちが通じる。言葉だって大事だ。しかし惚れたために結婚する男ほど、くだらないものもないからな」

ルーシ氏は、何でも本当のことを、思い付くままにあけすけに言う。僕は自分が乱されるように感じて、気恥ずかしい心持ちになるのだった。


ルーシ氏とは付き合いは短い期間ではあったが、市内のあちこち、城外への遠出など一緒にいろんなところに行った。牧場も見て、工場や鉱山の見学もした。

彼の出発の前日、また一緒に歩いた。そんな二人の気分とは無関係に、野良犬が多勢でうるさく出てきて最後は犬との散歩になってしまった。

「俺は明日で福井藩からはお払い箱になる。その間は一年だった。君とは四か月ほどしか付き合えなかった。君の方は来たばっかりだ」

「あっという間に夏になってしまった」

「しかし予言するようで恐縮だが、こんな情勢だから君はきっと福井藩を見限るのではないかと懸念する」

ルーシ氏は独断的に言った。

「急に何を言い出すんだ」

「俺や君を、彼らが値踏みしているようで全く気に入らぬが、いったんは値をつけてくれたのは事実だ。祖国を遠く離れて、こんなところまで来て義務を果たそうという我々だ。奇妙で奇特な人間同士と言わざるをえないのだ。軽薄にならず福井の人たちのために尽くしてくれ」

僕は、政治の方面に話題を変えた。

「三岡様たちの話では、この国の土地と人民は既に二年前に藩から国、ミカドの手に渡っている。古い藩主と藩がそのままで政治をするのでは国が成り立たない。そういうおつもりのようだから、間もなく大きな変革が、もう一波あるのではないかと思う。これが僕にも影響するだろう」

「日本人は外国には抵抗するが、自分たちが決めて納得したことは、内輪喧嘩はしても手早くやるからな」

さらに、ルーシ氏は続けた。

「要するに金をどこから生み出すかだが、今の政府のしていることは三岡様が大胆に考え出したことを小ぶりになぞっているようなものだ。倒幕派だけでミカドを動かそうとしているように見える。もう日本は自分たちで国をつくれると踏んでいる。きっとわがイギリスからも借金をする手筈だろう」

ルーシ氏は本音では福井に残りたかったのだと思う。実際、一昨日、会った時彼は落胆を隠そうとしなかった。

しかし今日の彼は言葉に力が戻っていた。彼自身、もう福井でやり残したことがないと覚って、運命を受け入れたに違いないのだ。

（八）

六月三十日、ルーシ氏の契約が切れた。

召使いの亀次とその妻が一緒に東京に行く。僕の料理人のミノスケ夫婦も、それに福井にまで連れて来た僕の片目の友であった米国犬ウルフも彼の飼犬となり、僕に別れを告げることになった。

朝早く食事を済ませると、馬に乗って見送ることにした。学校の職員の佐々木、岩淵、井上と、ほかに十二名ほどの生徒たちが加わった。

ルーシ氏は、形式張った儀式や大袈裟なことは好まない性格である。学生たちが大勢いるのを見て怪訝な表情であった。

五マイルほど行った先の麻生津という村の茶屋で、彼は学生たちに帰るよう促した。

「君たちに感謝したい。ここでお別れだ」

「いや、もう少し先まで行かせてもらう」

そう僕が答えると、それ以上彼は何も言わなかった。

ルーシ氏の後ろ姿を見ながら、僕は自分のこれからのことを考えていた。

彼がいなくなった福井で僕は唯一の外国人となる。これからは僕の立場がより重要になり、評価も高くなるに違いない。

さらに十マイルほど行った先で、彼が馬を止めた。

「お見送り頂くのは、ここでお終いだ」

もう少し先まで行こうと思っていたのだが、彼の言葉に従うことにした。

「幸運を祈る、アルフレッド・ルーシ」

「お前もな」

と彼は返事をした。そして右手を軽く上げて体を傾け、別れを告げた。

僕は反対の福井に向けて、初めてその町に赴くように馬を進めた。

ルーシ氏がいなくなれば自分の評価が上がるような気がさきほどまでしていた。しかし、帰り道では反対のことを考えていた。

ルーシ氏も僕も藩にとっては同じお雇いに過ぎず、外国人は一絡《ひとから》げで見られているのではないだろうか。もし彼の仕事が評価されなかったのであれば、僕の仕事の意味も評価も、きっと同様に下落したのではなかろうか――。

何といっても福井藩にとって最初の外国人教師であったルーシ氏が残して行ってくれた遺産は、有形・無形さまざまにあるのだろうと思う。彼の遺産を引き継がなくてはならぬ。

屋敷内の菜園に、胡瓜《きゅうり》、茄子《なす》、豌豆《ささげ》が、鮮やかな緑、紫、濃緑の色に実を付けている。

彼がこまめに耕したり、株を植えたりして育てた野菜が、最初の収穫の夏を迎えていたのだ。大根や玉菜《たまな》（キャベツ）の種も播《ま》いていたらしく葉が細かく伸びている。

彼は生活の足しに農家の真似をしたのだ。できるだけ種類を沢山にして、少量ずつを育てたのはいかにも彼らしい。

夕方、佐平に手伝ってもらって、僕も畠仕事をしてみた。

彼の使っていた農具を手に取ったとき、僕はルーシ自身になった。

夕暮の中に色を失っていく夏野菜をぼんやり目にし、ルーシ氏との思い出が鮮明に蘇ってきた。

彼は屋敷の中の小さな野菜畑を見せて、植物を育てるのはなかなか面白いぞと園芸を勧めてくれたことを憶えている。

「畑にできる食い物を眺めているだけでは何も分からん、やってみなければね」

「とっかかりが大変だろう」

「観察や見物だけでは、面白味が分からない。俺は物見遊山はあまりしないことにしている。蚕だって自分で飼ってみて、桑や織物のことに関心が向く。この畑でもっと面白いものが採れないかと考え、また次の事を思う訳だ」

菜園の中の笠を被ったルーシ氏は百姓のようであり、いつもの彼とは別人に見えたのを憶えている。

「君はどんな方面のことでも、直ぐに実行に移せる性格だからいいよ」

「野菜は、手をかければかけただけ必ず良くなる。文句も言わないし嘘もつかない。人間の教育とはその点が違う。地味なことだが味わいがあるよ」

—佐平に野菜の料理をして貰おう。

ルーシ氏は僕がやりたくてもやれないことを実行した正反対の人物であった。表と裏のような関係、水と油のような性質の二人であった。

実際本気になってぶつかり合うことはなかった。彼と僕が全く似ていないので、返って彼は何でも僕にずけずけと言えて、付き合い易い友人だったのだろう。

「君は机上の紳士だからな。まあ、それも悪くないが、詰まらなく思うことはないかい。物を書くために物を知ろうとするのは最善のことではない。それだって何もしないよりはマシだろうが」

彼はいつも次々と鉄砲を撃つように、話を止めないのだった。

「生徒たちにはよく教え込んだつもりだよ。実際話したり書いたりしてみるからこそ、聞いたり読んだりすることに注意が向く。逆ではないんだ、と」

彼の歯に衣着せぬ物言いが次々と浮かんできた。

第四章　白山登山記

（一）

「岩淵様、大丈夫けの」

佐平がいつもの調子で岩淵に話しかけたが、彼の返事はない。

白山登頂行程の二日目、我々は山登りの宿場ともいえる一ノ瀬にいる。僕は岩淵と江守、それに佐平と江守の召使いを引き連れ、山登りの旅に臨んでいた。今朝早く勝山の平泉寺《へいせんじ》を出発したわれわれ一行は、日が暮れる前に何とか目的の一ノ瀬の宿に到着したのである。

単なる旅行は愉快な同伴者とやれたとしても、登山になると別だ。人生と同じであり案内人が必要である。無能な仲間と縄で体を結び付け合っては、運命を同じくしても単に危ないだけだ。登山隊の唯一の仲間といえるのは佐平であり、困ったときに役立つ男である。それに佐平は何といっても按摩の名人である。

（二）

――半年前、福井にたどり着いたとき、僕の目に映った青空に映える白山の雪を抱いた輝く姿、バラ色の夕日に照らされ光りかがやく情景は、今も最初の情景として目に焼き付いている。あれから五ヶ月が経っている。

八月に入ったある日、白山に登る僕の意思を岩淵に伝えた。藩から認められた三週間の夏休みのうち、一週間をあてる計画であった。

岩淵は即座の反応は見せないで、代わりに軽くため息をついた。

「山登りですか。それは大変なことです。私はご遠慮いたします」

僕は不思議そうに彼を見た。

「福井に入るとき、冬の峠で酷い目に遭いました。白山はあんな程度ではすまない山です。懲り懲りです」

彼は三月の木ノ芽の峠越えのことを言っているのだ。

「東京からの長い旅の、最後の雪の峠越えだったからな。今度は季節も全然違うし、楽しい山登りになるはずだ」

「そうですかね…」

彼は、僕の話に同調する態度をとろうとしなかった。その上次のようなことを言った。

「実は生活が変わったせいか、体調が良くありません。学校での通訳を休んで、ご迷惑をおかけしたこともありました」

「そうだったかな。まだ快調ではないのか」

僕は彼の返答をしばらく待った。

「もう悪くはないのですが、無理をしたらどうなるか分かりません。好んであの山に登る自信はないですよ」

岩淵は、白山に目をやるような顔付きをした。

「ヤコニンにも明日、話をしておこうと思うのだ。よろしく頼むよ」

僕は、岩淵の逡巡を強引に打ち切り、自分の都合を彼に一方的に伝えた。

岩淵はなお気乗りのしない言い方をする。

「私には山に登ることを目的にする人の気持ちがよく分かりません」

僕は、今回の計画の核心部分を話すことにした。

「何も山に登ることだけが目的ではないのだよ。化学の実験のためであり、白山の正確な高さを測定したいのだ」

「測定…何のために。通訳は要りますかね、要らんでしょう」

「そうもいかんのだよ。現地での宿泊のことや案内の手配のこともある。よろしく頼むよ」

僕の予想に反し、岩淵の態度はそっけないものだったのだ。


次の日、藩庁に出向いて、僕の計画を伝えた。消極的な岩淵が通訳する。

「休みを利用して白山に登ろうと思う。登山と通詞の同行を許可願いたい」

「あまり例のないことですから、相談をしてご返事します」

ヤコニンは抑揚のない言葉を返してきた。

「僕一人でも行きたいと思う」

早く返事を貰いたいので、僕の意向をはっきり伝えた。

「何ゆえ、白山に登ろうなどとお考えであられるか」

「山の高さを測ろうと思ってね。科学実験のためであり、雇いの業務の一部だよ」

「業務として行かれるのは、都合がよろしくないかもしれませぬ」

「業務だろうと何だろうと、僕は構わない」

ヤコニンの回りくどい言い方に僕は苛立《いらだ》った。

「率直に言ってください。何が問題なのですか」

「藩士が山に登る話は簡単ではなく、手続きが必要です」

下級のヤコニンは、通訳する岩淵と同じような態度をとった。

「いずれにしても、私からはこれ以上は申し上げられません」

「藩の理解がいただけなくても行くつもりです」

僕は意志の強さを示したいと考え、ヤコニンの理解を求めた。

「しかし、白山は何かと問題がある場所でして…藩として先生を派遣するわけにはいかないかもしれません」

白山には加越間で境界があって、現状は中央政府の直轄地になっていることは、すでに聞いていた。

ヤコニンたちはこのことを気にしているのだと直感した。

「僕が行くのは学問研究上の理由によるものです。地方間の政治の話とは関係がありませんよ」

「あなたは藩のお雇いという立場です。今は微妙ですから時機をお考えください。私からは今の段階でこれ以上の話はできません」

権限を持たないで形式的な理屈だけを言うヤコニンの態度を見て、僕は自分の要求を再度はっきりと伝えた。

「経費のことは構いません。ただ、岩淵さんの派遣だけは認めて頂きたい」

岩淵は、淡々と僕の通詞役を務めた。この件に関して彼は乗り気ではないのである。通訳なしの登山と旅行はどう考えても成果がおぼつかない。


数日後、僕はヤコニンに呼ばれた。

「江守を派遣します。岩淵君の同行も認めます」

「ありがとうございます」

僕の望む結果が得られ、胸を撫でドろした。

「ただ一つ条件があります…」

ヤコニンが付け足すように何かを言い出したので、僕は嫌な予感がした。肝心なことを何気なく後回しに言うのは、彼らの自然の癖なのだ。

「今回の登山を、大々的に言いふらすようなことはしないよう願います」

彼等の真意がつかめずにいた。

「よく分からないな。僕は白山の最初の登山者のつもりで挑戦するのです」

ヤコニンは続けた。

「白山は千年以上も前から信仰目的で庶民が登っています。宣伝のために登山をされても意味のないことですから」

やや真意を隠しながら僕の気持ちに水を差すような言い方が気にさわった。

「途中の一ノ瀬は湯治場として有名です。あくまで湯治を目的とした登山ということでよろしく」

僕は内心、白山登山の記録をまとめ、母国のプロテスタント宗教誌ザ・クリスチャン・インテリジェンサーに投稿することに決めていたのだが、この場でいくら言い争っても不毛なだけだと考え、これ以上話をするのを止めた。一方で彼らヤコニンたちの単なる懸念が、僕が発表のために登山をする意図と偶然にもぶつかることを知って、面白くない気分になった。

しかし、ヤコニンたちは江守を同行させるだけでなく、旅費まで負担してくれるということなのだ。数日間でどのような検討が行われたのかは分からないが、表面的には僕の望むとおりの結果に落ち着いた。

登山を一週間後に控え、僕は化学所で寒暖計の点検をした。学校からの帰り道、僕は佐々木さんの家に向かった。

福井に三月に着いたその日、佐々木さんに最初逢ったとき、僕は日本語がほとんど分からなかったのだが、彼の口から「ナラホド」という言葉がたびたび発せられ耳に残ったのをよく覚えている。彼の癖のある英語の中に出てくるので、初めは何かの英単語なのかもしれないと思ったのだ。気になったので、岩淵にこっそり確かめてみたところ、「なるほど」と言う日本語であることが分かったのだ。

彼がよく使う「なるほど」には幾つかの意味があるらしい。なかなか奥の深い彼の日本語なのである。

僕の方も佐々木さんに先週あったことの相談をすることにした。

「今日は久しぶりに学校へ行ってきました」

「今、休暇中ではなかったですかな」

「寒暖計の検査をするために行ったのですよ」

彼はちょっと目を細めた。

「休みの日も授業の準備を怠らないとは、さすがグリフィス先生ですな。なるほど」

これは、一応の同意や合点のいった最も普通の意思表示のなるほどである。

彼が要領を得ないでいるのを察知し、僕は今回の計画を話すことにした。

「実は一週間かけて白山に登るつもりなのです」

「白山？クライミング？　なるほど、なるほど」

なるほど、を連発されたが、どうやら調子合わせの相槌にすぎない。何かが腑に落ちていないのだ。

「せっかくの休みでしょう。なぜわざわざそんな場所へ。また直ぐに忙しい毎日が始まるのではないですか」

僕は、今回の計画を彼に伝えた。

「先生らしい考えです。なるほど、しかし、高さを測ってどうされます」

今度は、不同意と疑問を呈したなるほど、だと僕の心に響いた。

「授業で測定の仕方を教えるのです。後で、記事をまとめて本国に送ろうとも思っています」

「学生たちの反応も期待できるかな。なるほど。だが高さを測るのは福井では珍しいことでもない。侍の子弟の趣味ではないでしょうな」

これは自問自答をする時のなるほどなのだ。

「家老だった本多修理殿がハロメーテルという器材を三年ほど前に購入されたものがありますぞ。ところで、もう地上からの測量は終わりましたかな」

「地上からとおっしゃいますと」

「わざわざ山に登らなくても、三角形の角度と距離を使えば、平地に居ながら、計算だけで白山の高度を求めることもできましょう」

彼は、三角関数のことを知っているようだった。

僕の本音は、ただ純粋に高さを知りたいのではないのだ。異国人として初めて白山に登り、そこで計測したと知らせることに意味があるのである。ただ佐々木さんにはそのことは言うべきではないと思い、彼の問いに対して正面からの返答を避けた。

佐々木さんは話の流れを大きく変えてきた。

「これからは中央政府が、国土の測量をして地図を作ることが国家の一大事業となる時代でしょう」

「近代国家として当然の事です」

佐々木さんは、僕の好む方面の話に展開してくれたのだと感じた。

「ペルリが浦賀に来て、最初にしたことは目の前の海の深さの測定だったね。これは実用的な調査だ」

「当然の行動です。しかし、白山の高さは今も曖昧なままになっている」

「確かに先生の言う通りです。なーる、なるほど」

佐々木さんは少し間を置くために、音の異なるなるほどを連発して彼の意見を述べた。

「我々福井の者たちは、白山の高さに大きな関心を抱いてはおらんでしょうな」

「富士山より高いと、信じている人たちまでいるそうではないですか」

佐々木の表情が強張る。

「それも真でしょう。われわれの白山は、神の山ですからね」

「化学の精神と信仰は相いれないものではないですか」

「どうでしょうね。化学の力によって発見される真理は、一つひとつは断片的ではあっても、すべて創造主の威力の印かも知れませんよ」

話を聞きながら、彼のよく物をわきまえた答えと浮かない表情の対比が気になった。

「藩の係の役人どもはどう言っていましたか」

彼は、珍しく通俗的な問いを発した。明らかに何かに引っかかっているようだった。

「いろいろありましたが、結局認めてもらえました。江守と岩淵が同行することになりました」

「そうですか。なるほど」

それでは結構ではないかという答えだ。

「湯治目的ということにしてくれ、と言われましたよ」

彼は、話の流れに合点が行ったようで、いつもの調子になった。

「一ノ瀬は湯治場として有名ですからね。なるほど。」

「ヤコニンは今回の実験のことを口外しないで欲しいと。変なことを言うものです」

「余り大声で言われると、隣の藩にも伝わって困りますかな。まあ、聞こえたって構わぬといえば構わぬ。なるほど」

佐々木さんは、茶を一啜《ひとすす》りした。

「福井藩でも、白山に登った侍は何人かいるようです。確か中根先生もそうだったかな」

中根雪江殿のことは知っていたが、彼が白山に登ったことは知らなかった。

「あの山に登りたくなるのは自然の感情だと思いますよ。佐々木さんも一緒にいかがですか」

僕は、急に思い付いたことを半ば冗談で言った。

「なるほど…。しかしあいにく私には山登りの趣味はないですぞ」

彼はまたしても、不同意のなるほどを使ったのだ。

「侍が山に禅定するのは極めて異例なのですよ」

「そうなのですか」

「それに侍は先生が考えるよりずっと忙しい。私もこう見えてやることが多くて困ります。何日も休暇を取ろうなどという発想がなく、考えられないことです」

「それに…白山に登るには役人の手続きがいろいろと大変なのです」

僕は、自分が主張して得た三週間の休暇を暗に批判されているのではないかと思ったが、彼の言葉を彼の性格通りに受け止め、すぐに思い違いであると自分を納得させた。

「そういえば…。少しお待ちくだされ」

佐々木さんは、奥の部屋から書類を持って戻ってきた。和紙に細かく文字が書かれているのがこちらから透けて見えた。

「拙宅の数軒隣の、天方《あまかた》殿の御屋敷に二十年余り前の白山登山記録がありまして。以前拝見したことがあります。その時、何かの役に立つかと思い、写しをとらせて頂いたものです」

思いがけない話を聞き、心が高揚した。

「ぜひ教えてください」

「白山禅定の心得とあります。どうぞ参考になされよ」

と前置きし、彼は手元の紙に目を落とした。
一、山札、これは登山の切手（通行証）である。一人七二文ずつで、一ノ瀬、湯本の両役所より発行する。登って御前室の番人に渡されよ。
一、山案内は、一日銀五匁。弁当両方ともおよそ四貫目ほどの荷物はこの者に持たせていく。一ノ瀬で雇うのが良い。
一、木杖代、四十文ほど必ず持参すべきである。なくてはならないところがある。
一、草鞋は何足か持っていくべきである。もし用意ができない時は、代六文を番人に渡す。
一、室堂に宿泊すれば、米、または餅などを用意してよい。
一、日の出を拝むつもりならば、一ノ瀬を前日の夕方より出発するのがよい。
一、仲間が強く剛健ならば、早朝に出て、日暮に下山してもよい。その時は、別山より登ってもよい。歩きやすい。
一、室堂の宿泊は、寒気と煙に難儀するという。心得ておくがよい。
準備の品物は、半纏《はんてん》、股引《ももひき》、食物、梅干、炒り粉、米、香の物、金平糖、雨具、羅紗合羽、着笠
――。

想像とは違う実用的な言葉が続いた。

「白山は平泉寺の管理なのです。失礼、長くなりましたな」

「いえ、佐々木さんの話はいつもためになります」

僕は、佐々木の家に来て、白山のことを幸運にもあれこれ聞くことができ満足だった。

佐々木さんは書類を置くと、最後にこう言った。

「私の立場でどうこうは言いませんが、ともかくあなたの召使いを一人同行させた方が良いでしょう」

彼が、なぜそう言うのか僕には分からなかった。ただ、彼の言うことには従うべきだと直感的に考え、佐平を連れていくことにした。

「帰られたら、話を聞かせてください。芸者でも呼んで盛大に精進落としをやりますかな」

「芸者ですか？」

僕は彼に苦笑いで返した。

「なるほど、なるほど」

佐々木は、僕の肩を叩き豪快に笑った。

（三）

八月二十二日午前五時、東の空が明るみ始めた頃、我々は勝山の平泉寺を出発したのだった。拝殿に一礼をして登山の無事を祈り、寺の境内を抜けた。

僕は、昨晩の宿舎となった平泉寺の老僧が説明してくれた頂上までの道筋を想い出していた――。

「頂までは一筋縄ではいかんぞ。どうしても二つ夢を見る必要があるのじゃ」

どうやら、山頂への到着が三日後になると言うことらしい。

「明日はこの寺を早く出立せよ。日暮れまでに宿に着かないと大変じゃからの。しばらくは緩やかな上り下りが続く。まもなく三ツ頭という小高い山の頂上に着くじゃろう。ここで道が分岐する故、右に行くのじゃ。いいか、右じゃぞ。尾根のなだらかな登りを行くと稚児堂という小さな祠がある。はるか昔、平泉寺にいた和光という美しい少年が滝に身を投げたのじゃ。理由は分かっておらん。彼の霊を祀るために建てられたものじゃ。忘れず手を合わして行きなさい。その先は、法恩寺山頂を目指す急な上り坂になる」

「法恩寺山を登りきると、しばらく下りじゃの。再び急な坂を登った先が伏拝《ふしおがみ》じゃ。伏拝から先は下り坂が続くが、想像以上の悪路ゆえ、決して楽ではないぞ。心してかかりなさい」

僕は彼の話にじっと聞き入った。

「最初の宿、一ノ瀬に着く頃には薄暗くなっておるはずじゃ。湯に浸かり、早めに休むことじゃの」

僧が、明日の行程の要点を説明してくれたおかげで登山の印象が幾分クリアになった。

「一ノ瀬から先は、急な登りが延々と続く険しい道じゃぞ」

我々の表情が強張るのを察してか、老僧は話の矛先を変えた。

「途中、雉子《きじ》によう似た鳥に出くわすかもしれんの。雷鳥といって、目の上が赤く翅《はね》は鼠色と茶色のゴマ柄《がら》のような模様をしておる。目が優しく首は細い、尾はくいなのように立っておる」

老僧は熱心に説明を続ける。

「運良く出会ったら、『翅をくれよ』と言いなさい。きっと落として行ってくれるはずじゃ。翅には御利益がある故、持って帰るが宜《よろ》しかろう」

老僧は登山の話に戻した。

「殿ヶ池に着く頃には、昼になっているはずじゃ。名前は大層なものじゃが、それほど大きな池ではないぞ。一ノ瀬から室堂までのちょうど半分ほどの場所かの。ここで長めの休憩を取りなさい。その先は、一気に山を登るのがよろしかろう。日が傾くまでには二泊目の室堂に到着するはずじゃ。ここまで来れば頂上は目前じゃの」

「しかし、急ぐでないぞ。この日はここまでにして、登頂は明くる日にしなさい。朝のまだ暗いうちに出発すれば、ご来光も拝めよう」

老僧は身ぶりを交えながら山の道程を丁寧に教えてくれたのだった――。


平泉寺を発ち、しばらく進み谷川にぶつかった。橋を渡り杉木立の中の谷間の道をたどっていく。平泉寺の境内の雰囲気がそのまま続いている感覚である。道の脇に咲いている黄色い小さい線香花火のような植物が気になったので、江守に名を尋ねてみた。

「オタカラコウです」

「食べ物のような変わった響きの名前ですね」

僕は歩みを止め、しばらくその植物を観察した。蕗《ふき》のような平たい葉の中から真っ直ぐに三フィートほど伸びた茎に幾つもの細かい淡黄色の花弁《はなびら》を付けて塔のように集まった形の花が群生している。

途中、何回か谷川を渡りながら登って行く。やがて谷の沢と別れ、左手に大きく曲がり尾根に向かって登っていった。額に汗が流れ薄手の服が肌に貼り付く背中で、岩淵のせわしない息遣いを感じる。

気が付くと口を開く者はいなくなり、皆足元に目を落としながらただただ、目の前の坂を一歩ずつ登るのである。

展望が開けた。

美しい円錐形をした荒島岳が眼前にそびえる。その姿は、駿河で見た富士山を見るようである。麓は大野の城下の、小山の上の天守閣が朝もやの中に霞んで見える。

景色を振り返り見ながら高度を上げて分岐点に着く。ここが三ツ頭山の頂になるようだ。頂上とはいうものの辺りは藪が広がっていて見晴らしが利かない。

昨晩の老僧の忠告に従い分岐点を右に折れ、尾根に沿って緩やかな登りと下りを繰り返して行くと、右手の落葉のカラマツ林の小高くなったところに小さな祠がある。ここが老僧から聞いた稚児堂であることがすぐに分かった。僕たちは手を合わせ先を急いだ。

稚児堂を過ぎる辺りから、勾配が急になる。笹と灌木の林をしばらく登り、平地になった所に着くと、また小さな祠があった。以前ここに「法音教寺」という寺があった跡で、この小さな平地の中には水の湧く泉の跡が二ヶ所あり、周りには風を防ぐためか、石の塁が設けられている。

祠の前を通って、ところどころぬかるんだ道を五分ほど登ると、目の前に大きな山塊が飛び込んできた。法恩寺山の山頂である。

頂上は広く、山々の名前を教わりながら、頂上からの眺望を楽しむ。

ここから谷一つ隔てた南東の方のすぐかなたに、屋根型をした経ヶ岳の雄大な頂上が望まれ、頂上の二つの隆起を超えて続く尾根の後ろから左にかけては、赤兎、刈安、大長、鉢伏、烏、取立の連山が続き、さらにその背後にはどっしり腰を据えた白山連峰の雄姿がある。かつて泰澄《たいちょう》大師は、この山の頂上で白山を遥拝して前途の安全息災を祈願したのだという。

法恩寺山山頂を一旦下って、再び登りつめ、二つ目の頂上が伏拝である。伏拝とは、巡礼者がここで白山を拝することから名付けられたと聞いていた。遥か向こうに、白山の上半分が確認できた。稜線は富士山とは異なり、頂きが尖っておらず滑らかなのである。

伏拝からは下り道になる。三マイルほど下ると三つの谷川が合流する。合流した川沿いにさらに下ると手取川という大きな川に出る。本流に沿って半マイルほど上流に進んだところで一ノ瀬という宿場村にようやく到着したのだ。

山道を吹き抜ける爽やかな風、淡い色の控えめに咲く花、時おり訪れる視界の開けた場所からの眺めは圧巻であった。急な山道が次々と我々の前に立ちはだかったのだ。半年前の福井に向かう木ノ芽峠越えの道のりに比べ、格段に厳しく長い道のりであったのだが、この登山は何より季節が素晴らしく、気分が格段に良かったのである。

木ノ芽峠で疲労した僕を見て、岩淵がたびたび気遣ってきたのをよく憶えている。ところが今日の岩淵にはその余裕がない。あの時、僕は江戸からの長旅に加え、峠の寒さと雪の積もった道に苦闘しただけなのであり、登山は本来、僕の得意分野なのだ。岩淵は本格的な登山をしたことなどないのであろう。岩淵の足取りははじめから重く、苦しい息でついてきたのだった。

空は晴れ渡り、湯治の村から白山を遥拝《ようはい》することができた。村は十二軒ほどの家からなる。道の右手に役所がある。平泉寺の輪番の僧が一人、夏秋の間は詰めているのだという。

江守が宿泊の手続きをとる間、岩淵が制札に目をやり、細かい説明をしてくれた。

入湯する者は、まず役所に行って入湯する旨を告げ、その時、姓名を書き留める。そしてヤコニンの下知により茶屋に入る。これが湯本の決まりなのだ。湯治料は日数の多少にかかわらず、一人二百十八文を役所に納める。役所では白山の御守りが手に入る。白山全体図もある。白山縁起は二十四文、図は十二文である。女曼茶羅《まんだら》は十二文で梵字を的の絵のように描いたものだという。

一ノ瀬の茶屋の宿料は百五十六文で、食事が付いてくる。艾《もぐさ》小屋は湯小屋の上にあり、艾を製造している。入湯者が多いときは、ここに頼み、宿泊するらしい。湯の花は血止めの妙薬で、茶屋が商う。信濃柿などもあり、土産に良い。

役所の前には大きな札が立っていた。

一、境内での殺傷は禁制の事。
一、火の用心を大切にすべき事。
一、領内の山で薪等を拾い取ることは勿論、立ち入るべからずの事。
一、博打、財物（金銭や品物）の賭勝負は堅く止める事。
一、魚鳥肉類は一切取り扱うべからずの事。

平泉寺目代

さらに、制札の下に、例年の定めとして
「五月一日湯始、八月末日湯終」と記してあった。僕たちの暦では六月の中頃から十月の中頃までになる。

（四）

岩淵と江守の疲労は酷く、宿場に入るとどっかり腰を下ろしげんなりしていた。

卓上には、この辺りで採れた野菜の煮ものなどが並んだ。説明によれば、米麦の貯蔵箱や青物野菜、酒等にいたるまですべて揃っているので、何も不自由なことはないのだ。また、湯谷川で捕った川魚のイワナを吊った珍しい品を食べた。

「えらいごっつぉやの」

佐平は上機嫌であるが、岩淵と江守の表情は暗い。顔色がすこぶる悪く、食事もすすまない。

「しかし、これだけ料理が並んでいるというのに、肉は一つもないですね」

「今回は我慢しての。白山は神聖やで、生き物の血は流せないでの」

佐平はこの時ばかりはきっぱりと自分の意見を言ってきた。

食事がほとんど終わった頃、山の話をした。

「百年ほど前の僕の母の国であるスイスの山も、ルソーの時代の頃までは、人間にとっては恐怖以外の何物でもなかった。魔物が棲んでいると考えられていて、誰も近付かなかったのです」

気分が高揚している自分に気付く。

「佐平、明日はいよいよ山頂だ。頂上から眺める景色を想うと今から興奮します」

「先生が脅すもんやで、だんだん恐ろしくなってしもた」

佐平が本気らしい顔をする。

「白山は、皆さんにとって長く信仰の対象となって来たはず」

僕は続ける。

「着いたらすぐに白山の高度を測定しましょう。水を沸かして沸点を測れば分かります。平地では水は華氏二百十二度で沸きます。高地に行けば行くほど沸点は低いのです。これには空気の圧力の大小に関係しています」

僕は、生徒たちに教えるときの口調で話していることに気付いた。皆、黙って聞いている。

「白山を富士山より高いと考えている人たちがいるようですが彼らは山をただ尊いものとして観念的にしか見ていない。明日の実験ではっきりさせてみせますよ」

佐平はとぼけているのか、一人機嫌よく話に乗ってくる。

「山のてっぺんでお湯を沸かしても神様は飲まれんやろの。神様は冷たい水がお好きやでの」

「佐平には助手をしてもらわないといけないだろうね」

「神様が使った水を、麓で美味しく自分らは使わせてもらっているんや」

佐平の表情は思いのほか僕と岩淵らの両方に気を使っているようで本気に見えた。

それまで通訳に徹していた岩淵が、突然口をきいた。

「山の高さを比較するだけのために登るのは、良い趣味でもないですよ」

岩淵はもともと疲労困憊していたのだろう。その上、彼は頂上に登って科学の観測をすることに乗り気ではなく、特に白山の上でそんなことをすることに消極的だった。

「白山の神様は、日本の言葉しか分からないでしょうけれど、グリフィス先生は、頂上で神様と対話をされるのではないでしょうから、私はその場には必要ないと思います」

彼は江守の方に賛同を求める目を向けた。

「実験はグリフィス先生にお任せして、僕と江守さんはここに残ります」

もともと彼がこの旅に乗り気でないのは分かっていた。あとは、宿を出て山頂を目指すのみであり、通詞もヤコニンも、無くても大丈夫。佐平が身の回りの世話をそつなくこなしてくれるだろう。

それに、今回の実験は僕にとって大事な教師としての仕事なのであり、余計な人間と時間を共有するのは本意ではない。岩淵はまだしも、ヤコニンの江守に実験の一部始終を見られるのは気が進まないのである。

「頂上まではあと少しです。明日中には到着します。ここから先は通訳、ましてヤコニンの助けなど必要ありません。明日は佐平だけ連れて行きます」

僕は努めて冷静に話した。

「それに君たちは酷く疲れ切っているようだ。目的を終えたらここに戻って来るから、君たちはゆっくり休んだらいかがですか」

岩淵と江守は互いに顔を見合わせ安堵した。

「神様は、目的を持たない僕たちを好まれず、へとへとにさせたのかもしれないですね。ここで待たせるためにね」

それまで黙っていた江守が急に調子を上げる。

「実験だけでは詰まらないでしょうから、山頂で茶の湯をされたら如何ですか」

急に元気になり軽口をたたくので、あきれてしまったのだが、今夜の展開は僕にとっても好都合なのであり、それ以上何も言わなかった。

食事を終え、僕たちは温泉に向かった。

湯小屋内の制札を例によって岩淵が読み上げた。

一、喧嘩、口論、高い声、雑談する事。
一、お湯の中で髪をといたり、爪を切る事。
一、楊枝を艾湯《もぐさゆ》に漬ける事、楊枝を洗う事。
一、お湯に入るとき褌《ふんどし》をしない事。

右のことを堅く止めるべきこと

未六月　　　　平泉寺目代

（五）

翌朝、目が覚めると外はすでに明るかった。岩淵と江守は宿にとどまることになった。江守は召使いを行かせると申し出た。初め僕は断ろうとしたが、彼の申し出を受け入れた。

案内の男、強力《ごうりき》、そして佐平、江守の召使いを加えた四人を伴い、八時三十分に一ノ瀬の宿坊を出た。

道中、僕が退屈しないように、案内係を務める大柄な男が説明する。男は、笹木といい、代々白山で案内を務めている家柄である。泰澄大師の道案内をした家の者だとの伝えがあるのだという。

案内係はトチノキ、サワグルミ、ブナと言った木の名前を指で指示しながら日本語を言ってくれた。足元は木の根やゴロゴロとした石がむき出しになっている。途中、二十名を超える下山の巡礼に遭遇した。彼らは揃いの白装束を身にまとい、規則正しく隊列を組んでいる。頭には薄茶色の笠を被り、体を支えるための木の枝の棒を持っている。町中で会う町人たちとは態度が違い、我々を気に止めることもなく黙々と坂を下って行った。むしろ僕ら一行の登山のいで立ちが、奇怪な姿として映ったであろう。

陽が照らなくても汗が流れる。呼吸を整えながら、尾根に沿って登って行く。

「ここで休みます」

案内の男が合図をくれた。目の前の小さな池は殿様の池（殿ヶ池）であると教えられ、一時間ほど昼食のための休息を取ることになった。

背後からの強い風を感じ、来た道を振り返ると谷越えの向こうに昨日越えてきた上り下りのきつかった法恩寺山、それに連なる越前と加賀の国境の山々、その左手後ろに荒島岳の山姿が見えた。

山々の向こうには平野が開けて見える。平野の中央を蛇行して流れているのが九頭竜川、法恩寺山の向こうに見えるのは勝山、視線を右に移すと福井の方角である。愛宕山らしき小山が緑色の小さな森のように見える。さらに右方にはどうやら海が見えているようであるが、薄い雲が空に溶け込んで青白く霞んでおり、空との区別がつかない。

だんだん大人国のガリバーになった感覚だ。

山の神様も近付くにつれて、凹凸がめだってくる。拡大鏡を通してみているようなブロブディンナグ国の女体のごとく、遠くから眺めるとすべすべとした白い肌も美しくは見えず、でこぼこで不気味な色をしている。

ふと雌鳥が雛二匹を連れて、岩間から出てくるところを見つけた。その形は鳩に似ていて少し大きめである。平泉寺で教わった雷鳥であるとすぐに分かった。飛ぶときに落下した翅の裏地は白い。翅は尾より長く、その声は鴉《からす》に似ていて余韻がある。よく人に馴つき逃げない。この翅が雷除の御守りとなるといって、参拝の人々が拾って帰ると平泉寺の老僧から教えられていた。だから、僕も二、三枚拾って帰ることにした。

また、木に止まったもう一つの鳥に気付いた。頭の色と背中の翅は黒く、胸は白く首元が朱色をしている。案内の発音によれば名を「ハクサンギヤシ」というようだ。麓でのみ見られ、山頂にはいないという。

　僕は佐平と目が合った。

「私は大工やで、高いところは平気やけど、屋根よりもっと高いところは危ない、危ない。城のてっぺんは家のてっぺんより高いで、まずは城の屋根に登った方がよかったかの」

　さらに佐平が何か思いついたような顔で続ける。

「ほやけど、よう考えたら愛宕山には何度も登ってますわ。あそこは城よりもう少し高いの。でもあのあたりは嫁に叱られるでもっと危ない。たまにしか登れんのや」

「ずいぶんと違った山登りですね」

　江守の召使いが思わず噴き出した。

「しかし白山は恐とろしいわ。小っちゃい時から、あんな山の向こうは何があるのか気になっていましたけど、やっぱりその先も山や」

　佐平の話を伝える通訳者がいないのがもどかしかった。しかし、彼の使う単語や抑揚でおおよその見当は付けることができた。

「この国は昔から戦《いくさ》ばかりでっしゃろ。私も鳥羽・伏見の戦いに付いて行きましたけど、ここにいると地べたでごちゃごちゃ人間がやることがあほらしなりますわな」

「高い山は遠くにあり、空の色に似て来るからすぐ分かるんやわ。でも、白い山が一番高いでの」

　佐平の身なりや言葉遣いは田舎染みているが、彼の言葉にはいつも味わいがあるのだ。

殿ヶ池を出発してしばらくは、斜面に咲く紫色のハクサンシャジンや桃色のシモツケソウなどといった強力が言う山野草の説明を訊く余裕があったのだが、間もなくすると勾配が急に険しくなり、景色を見ることができなくなっていった。岩の細い尾根の急な坂は、両側が崖になっており、足を滑らせないよう慎重に進む必要があった。

空気が冷たく感じるようになった。頂上まで半マイル、室堂《むろどう》と呼ばれる避難小屋に到着した時には、昼の三時を少し過ぎていた。

「今日はここで休み、明日頂上を目指しましょう」

案内の男が、少し息を切らしながら避難小屋の室堂での宿泊を提案した。

「あとどれくらいですか」

簡単な日本語で尋ねる。

「一時間ほどです」

すでに日が低くなりかけていたが、山頂はすぐ目前に見える所にある。早朝、頂上を極めるよりも、雲の流れからみて僕は急いだ方がいいと直感した。

「今日のうちに登り切ってしまいましょう。明日、天気が良いという保証はありませんから」

僕の提案に心から同調する者はいないようだが、今日は従順な召使いばかりなので、余計な議論のための労力を費やさずに済んだ。

しばらく歩くと露出した石と火山岩のかけらばかりの道になった。そこからさらに三十分ほど歩くと頂上に到着した。石が堆積してできた天然の壁が、激しく吹く風から神社を守っていた。すぐ近くに小さな社の廃墟があった。

いま僕は、外国人として初めて白山の頂上に居る。

山頂から下界を臨むと先程見えた福井の町は雲に隠れその姿を消していた。休火山の火口の深さは数百フィートあり噴火による沢山の岩石の破片とともに雪渓が確認できた。小さな翠ヶ池は一年のうち十か月以上は凍るという。四方八方を何マイルも見渡す限り嶺々や独立した峰が雲海から顔を出し、孤高を持して聳《そび》えていた。

「えらい寒うなりましたな。悪いことが起らんとええんやけど」

佐平は、これまでのとは違う声の調子で僕に話しかけてきた。

振り返ると、先ほど小休を取った室堂が小さく見えた。

僕は佐平に分かるようにゆっくり意味を伝えた。

「佐平はなぜ最後までついて来てくれたのですか」

「主人のために何でもするのが召使いやでの」

本心を聞きたかったので、もう一度同じ質問を繰り返した。

「実は、福井を発つ前の日に、佐々木様が訪ねてこられたんやわ。あいにく先生は出かけておられましたがね」

佐々木さんが僕を訪ねて来るのは珍しいことではなかったが、佐平も大事なことで今まで黙っていたことがあるのである。

「佐々木様は、先生の白山登山に付いて行くようにと、私におっしゃられました」

「なぜ今まで黙っていたのですか」

僕は、純粋に疑問に思ったので佐平に訊いた。

「それは佐々木様が望まれない気がしたでの」

ここまで言うと、佐平は話題を変えた。

「しかし山のてっぺんは詰まらんの。早よう下りたいわ」

「何故ですか」

僕は佐平の意外な言葉に思わず聞き返した。

「雲で何も見えません。てっぺんよりももう少しで頂上に着くような場所の方が好きやわ」

僕は返事に困った。

「それに、ここが本当に山のてっぺんなんやろか。白山は朝晩、地べたから拝んで見上げているのが、やっぱり一番やの」

佐平がなぜそのようなことを言うのか、僕にはうまく理解できなかった。深い考えではないのであろうが、彼の言葉が心に引っかかっていた。佐平の言葉を振り払うように、僕は意を決し測定の準備を始めた。

岩の間にまとまった空間を確保すると、強力から鞄を受け取る。毛布を風よけにして水を沸かし、その沸点を調べるのだ。

山に登れば、沸点は下がる。僕の知識によれば、五四三フィート高度が上昇する毎に、水の沸点は一度低くなるはずだ。なお、水の沸点は華氏二百十二度（摂氏百度）である。

湯が沸き立つのをじっと待つ。

「今だ」

僕はその瞬間を確認すると、温度計を容器の中に差し入れた。目盛りがぐんぐん上昇し、華氏百九十五度（摂氏九十度半）を指したところで止まった。

つまり地上での沸点との差は十七度であり高さはその差に五百四十三フィートを掛けることで導き出されるのだ。

僕は高さを約九千二百三十フィート（二千八百十三メートル）ということに決めた。富士山の高さの三分の二より少し高いくらいである。僕の想像と大きく違わず、測定が成功したことを知った。

東の空に虹が輝いた。まるで高い所からこちらを蔑《さげす》むように思われた。虹の端々が嶺や峰に支えられて見えた。赤とこげ茶の波立つ雲海と別れていく日没は、最後の審判の日の恐ろしい始まりに見えた。左手に虹、右手にぞっとする薄暗闇、その間を水平な太陽の光線が銀色に輝く雲の軍勢の中に射し込んだ。その雲は天上界の虹の門に向かう勝利の軍勢のようだった。

さてグリフィス急げ、のんびりはできない。

暗くなる前に急いで下山しなければならないのだ。崩れやすい瓦礫《がれき》道に足をとられないよう注意しながら粗末な室堂を再び目指した。

勢い良く吹く風と永遠の静寂の中にそびえる悠久の山々。休息の眠りにつく古代からの火山。さらにまた何の植物も生えない不毛な頂上、中腹、森林が群生する麓からなっている神の山に、不思議な空の景色が加わった。この光景は決して忘れまい。旅と登山の苦労、それにつづく疲労と難儀は十分に報いられた気がした。

先に一泊するはずであった室堂は粗末ではあったが案内された大きな部屋は僕の家とは違い、涼しく感じる。四十人ほどの男たちと宿場を伴にすることになるが、部屋が広いので気にならなかった。案内役によれば、多いときには二百人もの人が入るとのことだ。

室には大きな炉がある。薪を燃やし、茶を煎じ、飯を炊くことができる。しかし、この薪は冬春の間、雪に埋められ、十分湿気を含んでいるのか、煙がくすぶって、目に不快な痛みが起こった。僕は、佐々木の家で聞いた話を想い出し、なるほど、なるほどと思った。

佐平は簡素だが十分な食事を作り、疲れに良く効く日本の按摩で足を揉んでくれた。

僕は、この国に来るまでマッサージなど受けたことがなかった。いや、正確に言えば、受けたことはあるが、こそばゆさに耐えきれず、すぐに止めてしまったのだ。

福井に来て、一ヶ月が経とうとしていた頃、佐平に按摩の心得があることを知り、施しを受けてみることにした。物は試しとはよく言ったもので、これが実に心地良かったのである。佐平の腕が立つのか、僕の体が相応の齢になったのかは分からないが、それ以来、僕は好んで彼の按摩を受けるようになっていた。

「疲れているだろうに。何から何までいつもすまないな」

僕は、うつ伏せのまま佐平にねぎらいの言葉をかけた。

「いや、按摩は苦じゃないでの」

「岩淵たちにも見習って欲しいものだな。完全に職務放棄だよ」

僕は、なるべく深刻にならないよう言葉の調子に気を付けて、彼らを非難した。

「岩淵さんも、江守さんも自分の都合であのような態度をとられるとはどうしても思えませんのや」

佐平は按摩の手を止めることなく語りかけてきた。

「それはどういう意味だい」

佐平の言葉に何か含みがあるのを感じたので彼に聞いてみた。

「自分の都合ではないとすると、残りは先生か、佐平の都合やろね」

「なんだと」

僕は彼の思いがけない言葉に思わず反応してしまった。

「冗談ですがね。誰もはっきり言おうとしませんが、白山は皆の憧れ。隣の加賀の人らも毎日見上げているんやざ。今は落ち着いてますけど、前の時代は領土争いがあったように聞いてます。藩の役人も立場があるさけ、目立つことはできんでの。頂上までは、よう行かんわ」

僕は、うつ伏せの顔を佐平に向けようとしたが、声の調子から彼の表情を想像できたので、そのままの体勢で按摩を受け続けることにした。佐平の話を聞くと、なるほどいろいろなことに合点がいくのだった。佐々木さんはすべてを見越して佐平をよこしてくれたのだ。岩淵や江守にしたって自分の立場をわきまえた上で、僕の反応を予想したからこそあのような態度をとったのである。藩の上司から、決して登頂はならぬと厳命を受けていたのだろう。そして、佐平はすべてを覚っていたのだ。

僕だけが、独り善がりな考えをしていたということなのか。

佐平の按摩で体が解《ほぐ》れた。横になって眠ろうとするが、さっき飲んだ珈琲のせいで眼がさえてしまい、いっこうに眠くならない。

真っ暗な部屋に雨の降り出す音が静かに響いた。

（六）

僕は目を閉じ、一昨日登山の前に、勝山に到着した日のことを思い浮かべた。

――夕刻になり暑さがやや和らいだ時分に、勝山の町に入った。店が看板と共に立ち並ぶ大通りには、町の人がこぞって出て来て幾千人となく並ぶ。大通りにつながる小道は何としても唐人を見ようと走る人で混雑する。家の戸口や裏口でぜひとも唐人を見ようと何時間も立って待っているのだ。

けれどもこの国の礼儀正しい人たちと知り合って半年経った今、旅の間もその独特の礼儀正しさに喜びを新たにしたのである。

「先生のおかげで私らも何やら英雄になった気分ですわ」

佐平が声をはずませる姿を見て、岩淵が頷いた。この光景にも慣れてしまったが、僕も祖国に帰れば彼と同じ身分の人間に過ぎないのだ。

道の両端に咲く白と赤の花は背丈をゆうに超えるまでに伸びていた。佐平がタチアオイという花であることを教えてくれた。

その晩は、高くて風通しの良い義宣寺《ぎぜんじ》という禅寺で宿泊することになった。寺の住職が出迎え、大変歓待してくれた。いつものようにあらかじめ藩から連絡を受けていたのだ。この寺の住職は、白山とこの寺の成り立ちや伝説を教えてくれた。

白山を開いた泰澄という一人の僧が、夢のお告げに従い、この地において祈願すると、清水の沸く泉に白山の神様が現れ、早く白山に登ってくるよう促された。泉は平泉と名付けられ、ここに建てられた寺は平泉寺と呼ばれるに至った。明日の登山道は、越前禅定道《ぜんじょうどう》といい泰澄が白山に初めて登った道であったという。

闇の中で蟋蟀《こおろぎ》がキリキリと鳴きはじめたのでこの国で初めての秋の気配を感じることができた――。

（七）

土砂降りの音がする。急に目が覚めた。

おそらく一時間程しか眠っていない。体中にできた無数の赤い噛み傷を見て、暗い気分になった。寝られなかったのは蚤《のみ》の奴の仕業であったのだ。

軽食を済ませ、朝七時に室堂を出発した。

一寸先も見えないほどの土砂降りの中を、幅の広い円錐形の桧笠だけで下山する。雨の中細い尾根道を歩くため、足を滑らせると左右の斜面を滑り落ちるようである。長い下り道の連続で膝ががくがくになった。水を沢山含んだ服が体に纏《まと》わり付き体の熱を奪う。

「足がよう滑りますな。雨の日は屋根に登ったら滑って怪我するから上りませんけど、山は雨の中でも歩いて下りるより他は仕方ない」

佐平はハアハア言いながら、いつもの陽気な調子で僕に話しかけてくれた。

途中休憩を挟まず一気に登って来た道を下った。

一ノ瀬の宿場村に戻った。

岩灘と江守が出迎えた。時計の針は午前の十時を示していた。

体に服が張り付くのが不快で、一刻も早く湯に入りたかったので、軽く会釈だけし、その場をやり過ごした。二人は疲れがすっかり癒えた様子で、二日前の口論など何もなかったかのような、しかし何か訊きたいような顔をしていた。風呂に入ると、先に浸かっていた女たちが僕を見つけ、あわてて外に飛び出していった。

「しかし恐ろしいほど降りますな。神様に熱い湯をさしあげたもんやで神様が怒ったんやろか」

佐平は真顔で呟《つぶや》いた。

「心配しなくても、一晩寝れば晴れるかもしれませんよ」

僕は登山の成果が充分あげられたうえ、岩淵との関係に亀裂が生じる恐れもなさそうなので安堵した。


一週間ぶりの我が家である。外国にでも行って戻ってきたかのような疲労と満足感が僕を満たしてくれた。

日本を海の『スイス』と呼んでも言い過ぎではないと思う。

この旅は満足のいく説明ができるものであった。

学校が始まったら、僕の生徒たちにこの偉大な成果を伝えよう。仮説を立て自ら行動し実証することが化学の本質である。その姿勢こそがこの国の未来を切り開くと僕は信じている。少なくとも僕の教え子たちにはそうであって欲しいのだ。

僕のしたことは全く冒険でもなく、大したことでもない。しかし、常識的でないことは確かであり、現実への応用を果敢に実行するのが重要なのだ。ワシントンの雷光の中での凧上げと同じ原理に立っているのだ。

第五章　里和さんとのこと

（二）

日本の、ことに福井の綺麗な娘たちには、僕の眼には何処かぼんやりとした優しさを漂わせている。そして彼女たちの美しさは、遠くからよりも身近に迫るとき際立つ感じを受ける。

僕の身の回りの世話をしてくれる娘が、なかなか見つからぬのは無理もない。彼女たちが外国人の僕に興味はあっても、近付くことには気味の悪さを感じるのだろうか。娘たちを僕が好ましく思うのと同じように、彼女たちが僕を好ましく思うかどうか、それが怪しいのである。片側だけ焼いた卵焼やパンケーキと同じで思いが一方的なのだ。

僕も立派で真面目な青年には見えようが、肌合いが違い体格といい顎の長い風貌といい、それほど大したものではないかもしれない。

これまで良い人がいなかった。

三国の大きな商家に行ったとき是非にと頼んだ。

しかし、十四歳の一人娘だからごかんべんを、とあっさり断られた。彼らにとっては非常識な申し出と映ったのであろう。

今日新しくやって来た娘は里和《りわ》さんという名である。

この娘は故国の娘に比べ、全体に無邪気さを漂わせているが、優しさとはややタイプの違う性格を感じさせる女性である。ゆっくりとした物腰と素早い所作とが微妙に混じり合っており、それに僕の方にまれに向ける瞬間の眼の光は、恐れをいだく風もない。

この娘は卓上にお茶を出すとき、決められたような静かな動きをする。彼女の瑞々しく滑らかな手が、僕の伏せた目に入る。

そのとき、娘の肌までが白い茶器のようになめらかな光沢を放つ。

「僕を今日からグリフィスと呼んでください」

試しにゆっくり英語で言ってみた。

すると理解したのかどうか分からぬと思うのに、

「はい、グリフィス様」

と即座に僕の名前を口に出した。

素晴らしく勘の良い娘である。

部屋をすっと出て行くときの落ち着きは、まるで僕がそこに居ないかのようである。でも朗らかで楽しそうであり、僕に親しみの気持ちを抱かせる。そして普通以上に背の高い娘の、後ろ姿の着物の色や形、襟の角度や帯の位置も微妙であり、楯のような強さがある。

そういえば、僕の心配な肝臓の調子もきのうからあまり気にならなくなっており、重苦しくはない。心臓もいまは羊のようにぴんぴんしている。

ウィリー、鬱《ふさぎ》の蟲《むし》は投げ捨てろ。陽気になってはどうだ――。

娘が来てくれて改めて共に生活するいまの住まいの大きさを再認識した。

僕は、酒井外記《げき》という四千石あまりの家老が二年前まで住んでいた屋敷を仮の住まいとしている。

三角の形をした敷地は三方が足羽川《あすわがわ》と濠に囲まれている。この旧酒井家の南側の通りのところで、足羽川が西に大きく曲って流れている。そしてこの川と広い濠がぶつかったところ、辰巳《たつみ》（東南）の方角に出島のような形の、芦田家の大きな敷地がある。芦田信濃の家屋敷は、酒井家とともに福井城を防備する出丸としての役割を担ってきた。旧酒井の屋敷の中心部にある邸宅は部屋の数が十五もあり、破風の尖った高い所に徳川家の葵の家紋がついている。幅十フィートの廊下が部屋の外側に続いている。

六月までは先輩のルーシ氏と部屋を分け合っていたのだが、彼が福井藩からの半ば解雇のような形でここを去ってからは、屋敷の半分が使われないままになっている。

召使いの家や馬屋、池、小さな祠が、すべて足羽川に対し屋敷の北側にあり、南に向いた座敷からは美しい庭が見渡せその先に川がある。敷地内の東の区画には長さ九十五ヤードの馬場まである。瓦と漆喰《しっくい》の壁が濠べりの通りとこの屋敷とを隔て、どんなに好奇心の強い眼でも覗けないほど高く囲ってあった。

四方に胴回りの太い腕を伸ばした桜の並木は、かつて初代藩主に従って来た当家の祖先が植えたものだそうだ。二百五十年ほどもの長い間、路上に昼はありがたい日陰をつくり、夜は月の光を振りまいてくれたのだ。

敷地の西端近くに正門がある。木の幹を丸ごと使って作られており、堂々とした屋根がその上を覆っている。

すぐその内側にある門番小屋では、高い身分の人間や役人以外は誰も入れないように、書物のとても好きな年寄りの門番が、注意深く見張っていた。

正門から入ると左手前に離れ島のような小さな森があり、その木陰に守られて氏神が祀られていた。

福井で初めての春には、庭のあちこちに植わった椿が娘の恥じらいのような赤い花と、汚れのない無垢な白い花を咲かせたのである。

（二）

娘が来て二日目の朝は、彼女との契約が成立した意味を込めて、僕の名前をもう一度改めて呼んでもらいたいと思った。

僕からも彼女の名前をオルゥイワさんと呼んで、よろしくと握手をするのが正式であろう。

世の誘惑には注意がいる――。

それにしても、僕自身があまりに誘惑からいつも遠くに居すぎることを反省している。

恋愛という化学反応においては、誘惑だって一種の触媒と見てもよい。反応するかどうかは互いの都合だ。鬱ぎ屋は返上して、溌溂《はつらつ》としていなければ何も始まらないではないか。説教めいたことをついつい自分に言い聞かせる時であってもそうだ。

朝食のとき、僕が里和さんに握手の手を差し出すと、初めてのことを為すようにして、微笑みながら左手を僕の右手にゆだねた。握手の仕方を知らないのだろうと思って、そのまま僕の方から相手の流儀に合わせたのだが、虚をつかれた格好になり、彼女の左手を僕の両手で包む親愛の形となった。外国人の身体から影響を受けているような態度を全く示さないのだ。

そっと力を込めて自分の方に両手を近付けてみたのであるが、そのとき、里和さんはやや揺らぐように半身になり、遊んでいる右手の指先を卓上の食器や箸のあたりにふと置いた。この動作はきわめて自然に感じられたけれども、瞬間どこか武芸のたしなみがあるのではないかという想像が走った。

彼女を見ていると、一つ一つの立ち居振舞いに無駄がない。子どもっぽさとも女性らしさとも違う不思議な雰囲気がある。僕にはそれが思い込みかも知れぬが心地良く感じる。

里和さんは何より勘がよく、言葉の違いがほとんど問題にならないのではないか、という期待が生まれた。

他人にことさら口に出して言う程ではない僕の好みや癖のようなものを直観的に理解し、部屋の出入りのタイミングにも気がきく。つまり中庸をわきまえた女性ではないかと思いはじめた。これから日常に不自由のない生活を送れることとの予感が嬉しいのである。

あと一月もすれば僕のために造ってくれている橋の近くの西洋式の新居が完成する。ともかくも、身の回りの世話をしてくれる娘が来たので、余計な気苦労がなくなり落ち着いた気分になっている。

屋敷の裏庭の方から、佐平の息子の賑やかな声も聞こえてくる。

子どもの声が聞えるのは元気でいいものだ。

目がパッチリしたこのかわいい子どもの歳は二つ、ようやく重心を取ることができるようになったところである。名は佐太郎というのだが、最初に会ったとき僕に対して甲高い声でチェンチェイと言ったので、すかさずその童にチェンキーというあだ名を付けたのである。

佐太郎には、おぶんという十三歳の世話係がいつも一緒にいる。おぶんはやせていていつも弱々しく悲しそうな面持ちをしている。優しい言葉をかけると水を得た花のように元気になる。最初なぜそんな表情をいつもしているのか気になり、この少女のことを佐平に尋ねてみた。彼女にはつらい生活の経験があって、母親は彼女を産み落とした後すぐに死んでしまったのだという。孤児になったおぶんは、乳母や親戚の間を転々と預けられ、今の歳になって佐平の家の女中となった。食事や着物をもらって、佐太郎のおんぶやだっこ、おむつ替えなどをするようになったのである。

この少女は夢見がちな子どもで、じっと庭の花を覗き込んだり、青い空や遠い山を眺めたり、夜の空を見上げたりしていることが多い。僕は場違いにも、おぶんの名と、お盆とを結びつけて覚えようとした。おぶんが将来、神様の配慮によって、誰よりも幸せにならないとも限らないと思う。

里和さんの身の上についても、僕はもっと深く知りたくなった。

彼女の口から直接聞きたいと思い、うまく聞き出せるよう、あらかじめ佐平に訊ねたいことを伝えておいた。佐平から彼女にあらましを伝えておいてもらうことを期待したのである。

「グリフィス先生がお話しするとき、私も一緒にいたほうが、里和さんも安心やろ」

佐平は僕の期待を超えた気遣いをしてきた。有難た迷惑な彼のおせっかいは、この際は余計なのである。

里和さんを部屋に呼び、簡単な短い言葉で問いかけてみた。

「あなた兄姉はいますか」

「姉と妹がいます。それぞれ二つずつ違います。上の姉とはよく間違われます。私はあまり似ていないと思っています」

佐平がところどころ双方の言葉を補ってくれる。

「何が好きなのですか」

「歌を詠むのが好きです」

「アケミさんは知ってますね」

「数年前に亡くなった貧しい詩人のことです」

春嶽公に橘曙覧がかわいがられたことを、歌を作る人は誰でも知っていたのである。

「何か習いましたか」

「ナギナタ（薙刀）を教わりました」

と言って、すこし後ろに躰を引くような姿勢をとった。

「遠くへ行きたいと思いますか」

「遠くへ行きたいです、でも行けません。姫君ではありませんから」

重要なことを訊くことにした。

「僕のこと知っていますか」

「生徒たちと一緒に足羽川の上流で水泳をしていた大人の白い人が、グリフィス先生だったと思います」

里和さんは無邪気な表情を浮かべて答えた。

「僕のことをどう思いますか」

「口髭をしておられます。偉い先生です。でもどういう方かまだ分かりません。いまどんなことを思っておられるのかも知りません」

「住まいはどこですか」

「ここから半里ほど行ったところ、城郭の内の艮《うしとら》（北東）の方に住んでいます」

初めてのことなので、里和さんに特別にお茶を出した。

彼女がお茶を飲むとき、器に手を添えて口元を寄せる動作は実に上品であった。もう一度そのポーズをして欲しいように思った。

佐平が横にいるのははなはだ不満ではあったが、ところどころこの男が意味を通しくれたので、里和さんの話を理解することができた。

光が柔らかく注ぐ庭に目をやると、赤蜻蛉《とんぼ》が庭の空間に入ってきた。

大気の温度や日射しの具合も、また一匹の蜻蛉の一生にとっても、自由気儘《きまま》に好きなように活動できる絶好の一刻なのだろう。僕はこの生き物と同じになったような自分の躰を感じた。実にいきいきと素早く飛行している。この動きを支える鋭微な視力と反射能力は一体どこから来るのかと思う。飛翔の様子を目を凝らして見ても、目には止まらぬような速さではあるが、それでも蜻蛉の飛行には一定のパターンがあることが分かる。たえず前方へだんだん低く進み、そこから突然高く飛び上って反転しながら向きを変える。この繰り返しの飛行によって、小さい餌物を捕えているらしく観察できる。

僕は毎日、一体何を目的に一人あくせく動いているのだろう――。

（三）

里和さんが来て三日目の朝、早々と佐平がやって来た。

「今晩から里和さんには、空いている部屋に住まわせますわ」

彼の手ぶりも交えた思い込んだような決意に、僕の心が明るくなったのだが、同時に心配にもなった。

「佐平さんの家では駄目なのですか」

「うちは叔父、手伝いの権次の奴、おぶん、ともかく家族が仰山《ぎょうさん》です。それに娘さんは困るでの」

自分の考えが至極あたり前といった調子だ。

「いつも、娘さんが身近にいてくれた方がやっぱり便利や。里和さんが都合の悪いときは、姉の紀和《きわ》さんが手伝に来るでえ」

と混み入った算段を言った。

福井で知った女性には魅力的な人が多い。

七月の終わりに大名小路の少し西の常盤町の近くに住む、僕が好きな橋本医師に会いに行ったとき、彼は生憎留守をしていた。でも応対してくれた夫人としばらく話ができた。挨拶だけして帰るつもりがついつい長くなってしまったのである。僕が橋本医師と話しているときはいつも奥に控えていたため、これまで話すきっかけが無かったのだ。少し離れたところから見る夫人の上品な姿が印象的であった。主人が不在の時に長く居座るのはあまり良いことではないが、橋本医師の不在で会話ができたと思えたのを今でもはっきり覚えている。

橋本医師の屋敷の敷地には二階建ての母屋とは別に、門脇に離れがあった。夫人は僕を母屋の一階、左奥にある客間に通してくれた。

彼女は自らを「吟《ぎん》」と名乗った。僕が「お吟さん」と呼ぶと照れ臭そうな笑みを浮かべて応じてくれた。黒く染めた歯が気にならないほど初々しい表情をしていた。夫人の方も僕が外国人だからであろう、あれこれ日常のことを話したりすることを楽しんでいる雰囲気であり、僕は嬉しかった。

化学の教科書を書いたあと、日が暮れてしまう前に散歩に出た。

西の方は、黄金の空に光の大波と火の波紋、東の方は静寂で崇高な連山の濃い紫、金色の空に銀色の円の形の月が登ってきた。そこに銀色の横長の雲が間に入り込み月光を遮る。

僕は夜の屋敷の大きな古い庭を歩くのが好きである。

星の輝き、町のかすかなつぶやき、川向こうの山にちらつく数少ない明かり、夏から秋に移ろう今後のこの都市の季節の美しさを、僕はいつまでもはっきりと記憶に止めておきたい――。


今宵から一つ屋根の下に、里和さんが泊まることになったのだ。

今晩の屋敷の外は、十五夜の満月なのである。夜が更けてゆく。

厳粛な静けさの夜、何かを暗示しているように思えた。

遅い時間になってお茶を出してもらった。月の光が射す前庭に一緒に出るように誘った。

二人の顔を月がほのぼの照らす。庭の一つひとつの物がよく見える。

「歌は詠みますか」

彼女は少し思案したあと
「はい」

と答えた。

僕は彼女の内面を覗いてみたくなり
「知っている歌を詠んでください」

と質問を変えてみた。少し間をおいて、滑らかで優しい響きをした歌を詠んでくれた。

僕はその歌の一部分の音だけがつかめた。

「愛の歌でしょうね、美しい調べです」

黙っているときよりも、物を言うときの顔立ちの方が一層美しく見えた。

里和さんは理解できないだろうけれど、二人だけの間で彼女が何かを感じることのできる詩、そんな種類のものを読むのも面白い、と僕は思った。里和さんに似た名のリューティ、この女性に想いを寄せるコウルリッジの詩を、確かではないが英語のまま諳《そら》んじてみた。

「…ほんとに死んでもいい、かの人の胸が、僕のために膨らむのを見られたなら。慰めてくれ、優しい面影よ、僕の心をも…」

僕が読む詩の想いだけは、少なくとも感じて欲しい——。


昨日は素晴らしい月夜であった。そして今日は僕の暦で八月が尽きる終わりの日である。

午後は青い空が澄み、白い雲がぽつぽつと浮ぶ。秋の空を反映して山々の色彩も浮き出て、山肌がはっきりと見える。水平に広がる田畑も黄金色あり刈田ありで、水の色も秋の色である。


川泳ぎから帰る道中で岩淵が陽気に話しかけてきた。

「明日の夜、大橋のたもとでお祭りがあります」

「面白そうですね」

「ぜひぜひ。私は妻と行くことになっていますが、ご一緒しますか」

僕は彼の真意が分からず、

「ご夫婦のお邪魔はしませんよ。どうぞ楽しんできてください」

とありきたりな返事をした。

この国では、岩淵のような年齢の若者が妻を娶《めと》るのは普通のことである。

岩淵とは折にふれてしばしば結婚について話したりした。結婚の見込みについて問いただしたりしていたとき、彼は決まってここ数年は結婚しないだろう、いや絶対にしないと宣言したものだ。勉強もしたいし、金も貯めたいと言った。

それなのに人間の決心というものは何と脆《もろ》いものだろうか。バラ色の頬に黒い瞳の可憐な娘の一人が、岩淵の心を打ち砕いてしまったのだ。その結果、僕は独り取り残されてしまったのだ。

（四）

いよいよ九月の朔日。九月になれば何かが起こる——。いつもよりやや遅く目が覚めた。昨夜は余り眠れなかった。授業に備え化学の本の準備をする。しかし気持ちが落ち付かず、なかなか進まない。マギー姉さんからの返事の手紙も一向に届かない。親しい人からの手紙が来ないということは、例えれば水の切れた植物のようなものである。異教徒の中に一人いて、不安なこと限りないのである。

僕の新しい家の様子を検分に行った帰り、少し回り道をした。

町を歩くとそこにはいつも福井の庶民の風景がある。

暑ければ皆が真っ昼間から寝てしまう。昼は天敵の蚊も飛ばず快適なのであろう。家や店では戸を開け放ったままであり、中の様子が奥まで丸見えになるのだ。

ときおり北斎の絵にあるように豊満で優雅な婦人が、床に長々と横になり眠っている。あまりにあからさま、美しい寝姿という訳にはいかない。躰にすっかり丸みが付いたばかりの若い娘でさえ、上半身裸でいるのだが、彼女たちは無作法だとは些《いささ》かも思っていないのだ。確かに娘たちには何の罪もないこと、日本の娘は堕落する前のイブなのかもしれないのである。


陽が落ち、夕焼けが残り暗くなってきた。今日も昨夜と変わらず満月に近い。

灯りを持った召使いを先にして、橋の近くの河原に向かうと、提灯をいっぱいに灯してあちらこちらに飛び出す小舟、浮き浮きした顔付きの人たちなど、辺りは賑やかであった。

河岸の水と草の匂いとが伝わってくる。

僕は、提灯や団扇を持った見物人に混じって、人だかりの外側から踊りの様子を見物した。

紅の着物に黒の揃いの外衣を身にまとう婦人たちが、小さな輪になり踊る。皆が一様に歯の高い下駄を器用に履きこなす。ある者は額に布を巻き付け、ある者は頭から布をかぶせて顎のところできりりと結ぶ。赤子を背負ったまま踊る女もいる。

皆が手拍子をとり歌を唄って、ゆっくりとした歩調で取り憑かれたように踊っている。単調な音階が繰り返し続く。幾つかの種類の動作が続いて、また元に戻るのだが、区切りがあるようで、始めと終わりの見分けがつかない。永遠にこの動作と時間が続くのではないかという錯覚に陥りそうになる。

時折、囃す人の調子の良い掛け声が上がり、うまく変化がもたらされる。笠を被り赤い大きな団扇を手にした二人の男が婦人たちの輪に加わろうとしている。その横では上半身裸の男たちが三つ巴になり何やら言い争いをしている。

広場には細木を組み合わせた急ぎこしらえの露店が並んでいた。

半分に切った真っ赤な西瓜をずらっと並べる店先には人だかりだ。鮮やかな色が提灯《ちょうちん》の光に照らされ実にうまそうだ。その隣では寿司を売っており、煙管《キセル》を咥《くわ》えた男が座っている。子どもたちが店の前で目をきょろきょろさせ、親に手を引かれ歩いていく。

西瓜が美味そうなので食べたくなった。

「佐平さん、西瓜買って来てくださいよ。あなたの方はお酒がいいですか。ここはツケがききますか」

「いくら信用のある有名な先生でも、露店ではツケは無理やわ」

と佐平は笑って、手を出した。

彼に小銭の入った布袋を渡した。佐平はいつも僕の財布をあてにしているのだ。

「いつもすんません、先生」

佐平は、チェンキーに似た屈託のない笑顔を浮かべ、屋台の男の方に行って喋り始めた。

ひと月ほど前に見物した祇園祭りとは少し趣が異なり、踊る人々の盛んな陽気さに目を奪われた。

踊りの輪のまんなかに自分が置かれたような心地になり、魔法の輪のなかにぐるぐる巻かれているような気がした。

昨日よりも空気が澄んでおり、雲の合間から出た月の輪郭や模様が一層はっきりと眺められた。

家に戻って、いささか疲れを感じた。座敷の縁に出て空を眺めると、月光が高いの木々を柔らかに照らす。

もうだいぶ夜も更けてきた。

僕は里和さんに近付く決意をした。

どうしても彼女の声が聞きたくなった――。

里和さんの言葉づかいは、母音が長く伸びる。いつも僕に何かを尋ねているような調子を帯び、エレガントなのである。佐平の言い回しなどとは随分かわいさがちがう。

里和さんは、来客のためにかつて造られた広間のうちの一つを特別にあてがわれていた。佐平がそうしたのだ。襖の前に立ち、ややあって開けた。

「里和さん、こんばんは」

奥の方が微かに明るく、そこに人の影が見える。畳が沢山横に並べられた大きな部屋であり、暗がりのため向こうまでの距離の感覚が分からない。慣れるまでしばらく部屋の端で立ったままいた。

「どうなされましたか」

里和さんの声で問いかけてくる。

薄暗い灯は、部屋全体を照らすことなく、辺りが判然としない。

目を凝らすと、広い畳敷の部屋の真ん中を二つに仕切る襖があって、今夜は開け放たれていることが分かった。

「部屋が広すぎますね」

そう言いながら光のある方へ進んでいった。夜具の前に立っている里和さんの姿が次第にはっきりと確認する。

里和さんは昼間とは違って、薄衣に細い帯をゆるく巻いており、さらに柔らかく感じられた。

そして里和さんは、次のようなことを僕に言うのである。

「部屋の間仕切りを開け放ってあります。今宵はここでお休みをなさっては如何ですか。この部屋は、グリフィスさんのベッドよりは大きくて、とても涼しいです」

彼女は、僕が立っている手前側の部屋を指した。斜め後ろをふり返ると、行燈の弱い光に照らされた二人の影が伸びている。影の先に白い寝具が置かれてあった。二つの部屋のやや端と端に布団が敷いてあることに気付いた。その他には何もない。

僕は、物語の主人公のような冒険的な気持ちになって、暗闇の彼女の声に従った。

僕は布団にゆっくりと横になり、しばらく時間が過ぎた。涼しさがわずかに庭の方からしのび寄ってきた。

僕のいつものベッドとは違い、広々とした畳の硬さを感じた。その先の続いた部屋には里和さんがいる。僕は躰を起こして、思い切って奥の向こうにいる里和さんに聞こえるよう語り掛けた。

「何か歌を詠んでください、僕のために」

しばらく返事がなかったが、

「お箏《こと》がありませんから、唄うだけに致します」

というような意味の応えがあった。

ゆっくりとした調子で実際に節を付けて唄ってくれた。料亭で聴く唄とは異なる淋しい気持ちになる唄であった。


目が覚めて天井の様子がいつもと違うので、あたりを見回した。すぐに意識の枠ができあがり、昨晩あった出来事を想い出すことができた。前夜は互いが互いにプリテンダーになっていたという、言葉を発明してみて納得をした。

雨の音がする。それに里和さんの姿はすでにない。

（五）

いよいよ夏休みが終わり、明日から授業が始まるのである。岩淵を伴い、学校まで散歩をした。雨のせいか、人の通りは疎《まば》らである。

「佐々木さんの家に行こうと思うが、君も一緒に来るかい」

学校での挨拶を手短かに済ませ、僕は岩淵に提案した。岩淵の表情は瞬く間に明るくなり、大きく頷いてみせた。彼も佐々木さんのことが大変気に入っていることを僕は知っていた。

今日はいつもの御本城橋ではなく、本丸の西側山里口御門を抜け、その先に架かる御廊下橋を渡り城外に出ることにした。ここは殿様が本丸と御座所を行き来する際、いつも通られるルートであり、僕も学校から佐々木さんの家へはこの方法で行くことに決めていた。

殿様の御座所を右手に見ながら、寅ノ御門、鐵《くろがね》御門を順に潜《くぐ》り、大名大路に出る。北に六百ヤードほど行けば、右手に佐々木さんの家が見えてくるのだ。突然の訪問にもかかわらず、佐々木さんはいつものように歓迎してくれた。

彼の家では、役に立つ話もいろいろ聞いたのだが、みだらで、いかがわしい絵も見せられた。昨日のことを想い出して、話の中身を記憶にまとめることのできない破目になった。そういえば、少し前に友人の橋本医師の家に行ったとき新しい技術の写真を見せられ、裸体を礼賛するような写真が一枚あったことを想い出した。

帰り道、岩淵が訊いてきた。

「グリフィス先生のところに来た里和さんという娘はいかがですか」

「よく気が利きます。長く居てくれれば有難いです。お世話になりそうです」

僕が率直に本心を伝えると、岩淵はにっこりして、

「それはよかった。藩というか県の役人たちも、きっと安心されると思いますよ」

と言った。

「そういえばルセーさんは、里和さんほどの若い娘を嫁にして、北の方の陸奥《むつ》の国に行ってしまわれましたね」

「ルーシ氏はわが道を行く人ですから」

彼は不完全な人間だったかもしれないし、特別に高い才能の持ち主でもなかったのだが、僕に対してもいつも関心を向けてくれた。何も隠すことなくはっきり喋ってくれた。やりたいことをやり、仲良く付き合ってくれた。愛すべき友人だったのである。僕は先輩のルーシ氏を深く知るようになって、実際の評判とはちがった人物であることを知ったのだ。そして心が慰められたのである。

でも、ルーシ氏の方は僕のことを良く思ってくれたかどうか分からない、それはすべて僕の性格のせいなのである。

誠実で真面目なのはいいのだが、男でも女でも、愛されるべきところがあるかどうかだ。

彼は誠実さでは欠けるところがあっても、どこか愛すべきところがあった。僕のようなお手本のような人物よりも、福井の人たちにはかえって好かれたのかもしれない。

今日も良い月夜のはずだったのに、厚い雲に遮られてしまった。夜の廊下に出ても、雨の音がして、水の流れる音が聞こえる。昨日までの暑さはない。

里和さんの敷いてくれた布団で眠る夜も、二日目だ。

里和さんがお休みの挨拶をして退出したので、すぐ僕も休むことにした。

襖を開けて部屋に入ると、里和さんが立っていた。

彼女はそのままこちらを向いている。

僕は黙って彼女の方に近付いた。

互いに向い合って、しばらく時間があった。薄暗い光が彼女の背後から照らすのみであり、彼女の表情をこまかく覗《うかが》い知ることはできない。

「ひさしぶりの雨です」

僕が言葉を発すると、

「今夜は月をゆっくりと待つ晩です」

というようなことだけ言って、里和さんは頷いてみせた。

手を伸ばせば彼女に触れられるほどの距離に、僕は立っていた。

彼女は自分からは動く様子がない。僕は引き込まれるような衝動に駆られ、里和さんが胸の襟あたりに置いた腕を、静かに両手で持った。暖かい腕の感触が僕の両手に伝わってきた。

次の動作に迷っているうちに、彼女は急に僕の正面に目を向け、右腕を僕の方にそっと押し返したので顔を引くと、やや身を沈めて二の腕をすっと抜いた。そのため僕の両手は宙を掴むような形になった。

彼女は何も言わない。行燈《あんどん》が逆光の形となり、彼女の表情を推し量ることはできない。反対に彼女からは僕の表情が手に取るように見えただろう。彼女は暗闇に消えるように奥のほうへ去った。僕はまた昨夜と同じように布団に横になった。

里和さんの腕をとったとき、彼女の躰にも触れることになったのだが、そのときなぜか彼女の華奢《きゃしゃ》なはずの躰の重みまでも感じ、それが独り臥している僕の躰を覆うように圧迫してきた。

籠もった木の葉ヅクの声が小さく遠くから聴こえた。音が止むと、次はより近くに二、三声聴こえた。うす暗い声がホーホーと鳴いては止み、また時間をおいて近付き、この屋敷の森で鳴いているように大きくなった。そしてまた鳴いては止みながらだんだん遠くなり、次の声が聞こえなくなった。

（六）

昨夜の雨はもう止んでいる。庭に出ると、薄い雲が空を覆っているが、所々薄い水色が透けて見えるところがある。肌にあたる空気の感触が昨日までとは違って秋の気配である。

今日は赤蜻蛉の数が多く、何匹もきらきらと敏捷に飛んでいる。番《つが》いになった一組の蜻蛉も、やや重たそうに目の前を過ぎていく。

雲が次第に薄くなり、陽の光が柔らかく漏れてきた。雲の合い間から降りそそぐ陽光が木を透かして、庭に斑模様の影を映す。間もなくして、雲があちらこちらでちぎれ、薄い水色の空が広がっていった。

里和さんが僕の世話をしてくるとき、表情やしぐさを注意深く観察した。

何か僕に話してくれるのではないかと期待したが、いつもと変わった様子はない。いよいよ昨晩の顛末に自信が持てなくなってきた。

僕が提案した学校の初めての夏休みが終わり、今日から再開した。朝は気持ちが良かったが、陽が高い所に上ると夏の暑さがぶり返してきた。

およそ三週間ぶりの授業はいつもと様子が変わらなかった。講義の途中、白山登山での出来事を話すと、生徒たちは一同に自分たちも登ってみたかったという顔をして、僕の話に聞き入った。

帰り道、裸の子どもが十人ほど集まって、赤い褌《ふんどし》を締めて、相撲を取っていた。しばらく様子を眺めた。

しかし、昨晩の出来事を想い出している自分に気付いた。里和さんのことが頭から離れないのである。なぜそのようなことをしてしまったのか、僕の行動が里和さんにどう受け止められたのかが重要である。日本人の彼女の咄嗟の身のこなしには驚かされたが、それが何を意味しているのか僕には分からないのである。

と同時に数日来のことが、ひょっとして佐平たちの善意の企み、つまりサシガネなのではないかという推測が頭をよぎった。彼らの親切心からのおせっかいかもしれない。日本人の言うこと為すことの真意が、僕にはよく分からぬのである。しかし事実だけは一夜ごとに積み重なってくる。

ただひとつ確かなのは、僕は魅力ある一人の女性を発見したということなのだろう――。

佐平の話では、僕が学校にいる間に、里和さんの姉が代わりに僕の部屋のかたづけをしにきたという。里和さんは身の回りの物を取りに親の家に戻ったそうである。暮方にはまた帰って来ると言った。

早めの夕食は、佐平の奥さんが世話をしてくれた。僕はぼんやりと食事をした。

佐平さんのおとなしい奥さんは、立派な体格の情愛の深い母であるが、いざというとき悋気《りんき》が少々強い。それに愉快で大騒ぎをする。働き者で用心深い妻なのである。言うことは研ぎたての剃刀《かみそり》のように鋭い。とくに佐平が、道楽である芸者と酒に金を使いすぎた時はそうであった。禁断の高価な木の実を食べた翌朝の佐平のきまりの悪そうな眼と意気阻喪した様子を見れば、貧弱な亭主とかかあ天下の関係にあることは明らかだった。

奥さんは、僕の前でも平気で全裸になって健康な白い肌を見せる。チェンキーを抱いて、一番に風呂に入るのである。

明日用の学校の原稿の準備をようやく終えた。夜の庭に出た。

微かな風が吹き、肌に触れる感触が心地良い。もう九時頃の時間である。南東の山の端に、遅い月が昇った。右肩がほんのわずかに欠けた黄色の月が、水に映るように楕円にゆがんでいる。

僕は里和さんを呼んで、また一緒に月を見た。東の峰々は月明りで稜線がくっきり浮かび上がり、月から離れたところの雲は灰色がかって山際に伸びていた。里和さんにこんな形の月は初めて見たというように僕は言った。里和さんは
「かなり夜更けの、落ちてくるような月ですね」

と言った。

僕はいったん自分の部屋に戻ってまた勉強をした。一時間ほどして里和さんのところに行ってみた。すでに里和さんは寝入っているようであり、行燈の灯りは消されていた。月は軒に隠れていても、注ぐ光によって下界は全くの暗闇ではなかった。

彼女が眠る布団の手前に、もう一つ寝床が並べて敷いてあることに気付いた。二つの部屋を挟んで、二つの夜具が並べてあるのだ。その間には戸が開いていて仕切りはないのだが、見えるようで見えない境界が間にあるのだ。

日本人の畳によって作られた部屋はそのものが、広大な一種のベッドともいえる。そしてまた、配置が全く自由自在なこの便利な布団が、畳と一体となって彼らの移動のできるベッドなのである。そして心を知らぬ相手に対して、その配置の仕方によって自分の意図を示すことのできる手段になる訳だ。

僕は里和さんの誘いに嵌ろうとしているのか、それとも誘惑の罠の引き金を引く男の役なのか——。福井に着いた最初の日のことを想い出す。美しい娘がおりますとヤコニンが言ったが、その人が里和さんだったかも知れないなどと、まさか思いたくない。そんなはずは断じてない。無神経なヤコニンがああいう言い方をしたのだ。

心臓の鼓動が早くなるのを感じた。里和さんは真っ直ぐ上を向き、切れ長の目をしっかりと閉じている。彼女は本当に眠っているのだろうか。枕の先には、黒い鞘状のものが置いてある。

彼女の横になった顔をしばらく眺めていた。淡い光に浮かぶ滑らかな頬の曲線と肌の質感、結ばれた唇の膨らみに目を奪われる。いつもの昼に見る彼女よりも随分ふっくらと成熟して見えた。もし叶うのなら、彼女に声をかけることもなく、このまま美しい娘を永遠に見ていたい気持ちになった。

並べて置いてあるもう一方の寝具は、僕のためのものである。静かに注意を払って、空いている方の寝具に体を潜り入れた。

寝たままの状態で顔を横に向けると、里和さんが躰を緩く捻る。目はまだ閉じたままである。同じ高さでみる彼女の横顔は、先ほど見たのとは表情を異にしている。彼女を思う気持ちが僕の中ではっきりと形づくられていく。

僕はどうしても彼女に触れたくなり、感情を抑えることが難しくなった。

右手を向こう側に伸ばすと、指先に彼女が纏《まと》う着物の感触が伝わった。袖に手を沿わせ下方へずらしていくと、人肌の感触に行き着いた。

里和さんの左手に、僕の右手を載せるように互いに握りあった。昨夜とは又別の世界に身を委ねるように、二人しかいない暗室の特別な時間を味わった。

同じ空間に里和さんがいる安心感が、離れてはいるが僕の心を落ち着かせた。里和さんの深い呼吸に導かれて、僕のエネルギーが里和さんの手を伝って抜かれるように流れてゆく。頭の中はだんだん緊張が弛んでいき、まるで占い師に触られているように眠気がやってきた。

僕はこの福井の地で生まれ変われるか。

あのホーソンの短篇に描かれた男を見よ。人知れず二十年余も妻から失踪する外交員ウェイクフィールドのような馬鹿げた真似ができるのか。リップ・ヴァン・ウィンクルはどうか。何十年も別世界に放浪し、故郷に突然老爺として戻ることなどありうるのだろうか。余程の覚悟をしなければ、福井の娘と関係を結んで、幸せを求めることはできぬ。

幸い里和さんは、毎日少しずつ心を開いてくれて、好意も示していると信じる。とはいっても、この限られた日数のなかで、外国人の僕をすぐに迎え入れるかどうかは、当然に迷いがあるであろう。

彼女は、僕がどんな男か、多数の外国人の男の一人として比較することはできぬ環境だ。反対に僕の方は日本の多くの娘の中で彼女の良さを評価できる。里和さんにとっては、シェークスピアの「嵐」の中のミラノ王姫、物心ついてこのかた父王と二人きりで流刑の孤島に育ったミランダのように、外国の若い男を離れ島で生まれて初めて発見するようなものだ。ドラマのような一目惚れもあるかもしれないと思うのは僕の都合か。

（七）

ホームシックになった異国の青年の僕にとって、若い女性がどれほど強い誘惑になってしまうのか考えると恐ろしい。真理の原則を残らず捨て去り、享楽主義者の生活を送りたいという感情がどれほど激しいものか、恐ろしい孤独の誘惑に苦しんだ者にしか解らない――。

この一週間ばかりの間、里和さんの静かな、そして何処かを見つめるような面立ちを、日々眺めているうちに、僕はこの一人の女性の運命の行き先を思った。彼女の運命を、できるなら僕が共にすべきではないかと思い込んでいることに気付いた。しかしこのことが許されるかどうか。

心の片隅にたえず漂泊の心を抱きながら、一方で周囲に対し外面的な好奇の念ばかり膨張させ、日々を送っているような僕が、何百年もこの地に根を張って生きてきた或る家族のひとりの娘に対し、自ずからの好意を超えて行動を起こす覚悟が有るかどうか。

緋文字のヘスターは、Aの刺繍（Adulteress）を身につけさせられた。異教徒の里和さんにこんな文字を背負わせてはならない。軽率な行為によって彼女の胸に永久なアザのようなものを印字させる罪を犯すとしたら、いやしくも牧師を志している僕としては、神を恐れなければならぬことだ。

正業を持たず見栄ばかり張って何一つ大事なことを教えてくれなかった父、僕を愛しむだけの敬虔な母、要求の強い独身の姉、それと妹たち、しっかりしていない兄弟、利己的な家族に僕はずっと苦しめられている。しかし遠く離れてはいても彼らと独立して自分が生きている訳ではない。里和さんにも同じ立場の縁者たちがきっといるのだろう。二人だけの間柄では済まぬ。

僕はついには耐えられなくなって、その夜のうちからもう落ち着かず、明日は早く相談し、すぐに解決をしたいと思った。

翌朝、岩淵と佐平を呼び出した。

「内緒のことだから、秘密をまずちゃんと守って欲しい」

と釘をさし、僕はまずは岩淵にこれまでの事情を話した。岩淵の横で佐平は我々の会話をじっと窺っている。

僕は問題の当事者なのだが日本人の心理や行動がよく分からない。岩淵は僕のことを知っているが福井の人たちの習慣が分からない。佐平は大抵のことは分かっている様子だが、言葉の遠さもあって僕の気持ちに対していつも想像を加えて考えている。

二人にまず一点だけは断言した。

「里和さんに許しを乞わなくてはならぬようなことは、一切していない」

丁度その時、佐平の妻がお茶を出しに入ってきた。僕は話の腰を折られてしまった間の悪さを感じた。奥さんが部屋を出るのを待ったのだが、二つの頭は一つに勝るといった様子で、彼女は何事かを察して部屋の隅で控えるようにしているのである。

「女の出る幕ではないがの、引っ込んでいてくれや」

佐平は妻を叱りつけた。

岩淵が悪戯っぽく言った。

「佐平さん、後から怒られても知りませんよ」

再び男三人だけの部屋になった。

まずは、岩淵は率直な考えを述べた。

「何かあったとしても、そんなに気に病むことはないのではないでしょうか。新しい家にもうすぐ移られます。学生たちも毎日やって来るでしょうから、お里和さんとの関係がどうであれ、彼女が皆のお世話をすれば良いのです。優しい気立てのいい娘さんがいるだけでも、新居の雰囲気が良くなります。家から通ってもらっても十分ではないですか」

「里和さんの気持ちも聞きましょうか」

「そんなことをしても何の役にも立たないです、止めてほしい。それに彼女と僕の心の問題だ」

僕は頼みごとをしながら、馬鹿げたことに少し厳しい言い方になった。

「先生、その程度の話なら、初めから分かっているような展開でしかないです。何も気にされることはないですよ」

僕は、里和さんとの間に起きた幾夜かの出来事にまた記憶が戻っていくのに気付き、慌てて目の前の二人に注意を向け直した。

「娘との関係のほかに、何か気懸かりが起こりましたか」

この質問を聞いて、僕は余計な詮索だと思った。しかし意識にまだはっきりとは形にならずに、自分としての気持ちにまとまっていない内面を、岩淵から指摘されたと思った。

岩淵は、聡明で普段は穏やかに見え、日本人の文人の典型のような人物である。利口なところがあって勘も悪くないのだが。

僕は今、何を悩みだと本当に思っているのか――。

これからゆっくり里和さんとの関係を作っていく時間を持っていない。こう感じ始めている自分に思い当たっている。福井の人たちが、僕とのようやく始まったばかりと思っている繋がりを、自分から解消を始めている。夏の間までは気持ちは高ぶっていたが、夏休みが終わり昼の時間が少しずつ短く感じるようになって、僕の心は沈んできた。僕のこれまでの気持ちをこのまま持続することができるのかどうか、実際分からないという心境なのである。

どうも僕は中途半端な行動をしている――。

一通りの説明とやりとりが終わると、佐平は、僕と岩淵との間の取り持ち役となった。

「堅物のグリフィスさんに…」

と佐平は言い出した。

「なかなか見つからなかった娘が、やっと来てくれた。先生は一目見て好きになってしもうた。里和さんは気だてがいい、何でも上手にできる」

「佐平も、里和さんが好きなのですね」

僕は、自分の立場を忘れて佐平の話し相手になった。

「ともかく、細かいことはお聞きしないことにするわ」

佐平は論理的にしゃべらない。

「先生はどうにも里和さんと懇ろになることができん。男のグリフィス先生に、意地悪をして金縛りにさせているのは、きっと白山の神様や」

岩淵が佐平の奇妙な説明を訳してくれた。

「面白いお話ですね」

「好きなのに一緒に居られんのは、白山の女神が邪魔しようとするさかいや」

僕は、佐平の勝手な解釈を半ば馬鹿らしく思った。しかし、佐平の言い廻しを聞きながら、僕に気をつかって話しているのかもしれないと思った。

「もういちど来年の夏に、白山のてっぺん近くまで登って、お詫びをせんといかん。ほやけど上まで行くのは、もう懲り懲りやけど」

強い雨の中を、幅の広い円錐形の桧笠のほかに笠もなく山を下った時の、佐平の後ろ姿が不意に頭の中に浮かんだ。

僕は佐平の調子に、自分も何だか楽天的になって、

「佐平、お前の考えは分かったから、これから後のことを言ってほしい」

と言った。岩淵も合わせて頷いた。

「あの娘がグリフィスさんのところに来てくれたのが私の自慢なんや。里和さんが、これからも先生と一つ屋根の下に居てくれた方が嬉しい。若い娘の声があるだけでもいい。何とかならんもんかの」

と自分勝手に、あらぬことを言い出す。

「それはできない。僕の心の問題だ。それに里和さんは、普通の娘ではないように思う」

岩淵も佐平も腕を組んだ。

「こんな話は、男だけで話してても、どうにもならんわ。うちの嫁に聞いてみるでの」

佐平は急に立ち上がったかと思うと、部屋を抜け出して行った。

三人だけの約束を破った佐平の意外な行動に、僕はあっけにとられた。岩淵はバツの悪そうな顔をしている。三人で相談したのは間違い、三人の知恵では足らないことになってしまった。

間もなくして、佐平がお茶を持って戻ってきて、皆に注いだ。

「お釈迦さんも目玉は前にしか付いていない。後ろを向いても済んだ事しか見えんでの」

佐平が、何かを覚《さと》ったように表情を一変させた。

「バチが当たらないうちに善はいそげや。もう一回考え直してみたとしても、毎晩毎晩がある。男女の沙汰も金次第、里和さんにお詫びをしなければならんやろ。先生、湯の中は裸や」

佐平は次第に調子をあげる。

「何であっても、終わったようで終わらないのが世の中や。里和さんに折角《せっかく》来てもろたけど、新しい家での生活や学生さんたちのこともある。ここでいっぺん休んでもらって、相手方には気を悪くされないよう、また来年からのことにしてはどうやろ」

そして、ではこんな風にしましょうと、佐平が提案を言い出した。

「ですから、八月からの四ヶ月分のお手当てを渡すことにします」

きっぱり金目のことまで言った。

僕は佐平の最初からの話しぶりが、全体に分かったようで分からぬところが多いのに閉口した。しかし、結論のところは僕と同じような方向に落ち着いているのを不思議に思った。

金額のことが気になり、僕はあれこれと言ったが、この時ばかりは佐平は下男として聞く耳は持たない。岩淵が言う言葉も聞き流しをして、何かを言った。

佐平がまた席を外したときに、岩淵に何を言ったのか訊いた。

「相手が受け取らなければ、佐平がしばらく金を預かっておく――」

とんでもない奴だと僕は思ったが、この問題の立場もあり、僕の会計係を分担してくれている佐平のこれまでの正直さを信用して、そのままにする方が良いかと思った。

キリキリとけたたましい声のモズが鳴いた。澄んだ空に響く気の立った啼《な》き声は、僕を軽蔑しているように聞こえた。僕は場違いなことをしているのではないかと反省した。

庭の白萩の葉が、いつの間にかこんもりと伸びて、風が来るごとに大きく揺れている。どうして昼はこんなに明るく、夜はあんなに暗いのか。

（八）

数日振りに、深い眠から目覚めた気がする。今朝は霧である。

朝、給仕をしてくれている里和さんを引き留めた。

「九月の終わりには、新しい家が完成します。あなたが来てくれるようになって、二週間ほど経ちました」

里和さんは僕の目をじっと見ている。

「あなたは賢い女性です。あなたがいれば新しい家での生活も心強い」

里和さんは、僕の言っていることを聞きもらさないよう、表情を崩さない。

「でもあなたは、召使いとしてここにいるような人ではない」

少し間をおいてから、僕の気持ちをもっとはっきり伝えたいので、メモした紙をゆっくり読んだ。

「ドウゾ、アナタノ父ト母ニ、私ノヨロシクノ言葉ヲ、オ伝ヘ下サレ」

里和さんはすっと目を閉じ、深々と頭を下げた。佐平からも事情は聞いているのだろう。ただ僕の思いは分かってくれたようだったが、彼女は僕が理解するかどうかをかまわず、次のような意味の言葉を口にした。僕の本心を読みとっていたのだ。

「アメリカは遠いです。さようなら。どうぞ気をつけて帰ってください」

里和さんが出て行った屋敷に、再び僕は一人となった。

夜、マギー姉さんに手紙を書いた。里和さんによってもたらされた気持ちの高揚についてあれこれとは書くのはよすことにした。大事なのは、里和さんという特別な女性と出会ったことだ。およそ十日ほどで解雇したという事実は忘れるべきなのだ。里和さんは大きな慰めであった。

明日からは楽しみがなくなり、いっそう寂しい家になる。

僕はそれを覚悟で決断をし、自分でドラマの主人公になって誘惑を絶ってしまったのだ。否、誘惑の主語は僕自身だったのだ。
二、三日前までは迷うように鳴いていた虫の声が、今夜は本格的に聴こえるようになった。庭のあちこちからチリチリと盛んに鳴きはじめ、やや遠くからはリィリィリィーと鈴をころがすように鳴く小さい声が聴こえる。空には月がなく、三つ四つ大きな星が輝く。

第六章　廃藩置県

日本の暦は僕の頭をたえず混乱させる。意識を緊張していないと、会話や書類の辻つまが合わなくなるのである。

旧暦の日付が、僕だけが使う暦をいつも追いかけてくる。僕の八月が盛りのときに、彼らの七月である文月が始まり、八月が終わる頃が文月の半ばになるのだ。

自分の暦で毎日の記録を整理した方が便利であり、特段不都合も生じないのであるが、時に、新しい暦では不調が生じることがあるのだ。

水戸の浪士が桜田事変で井伊の殿様に復讐をしたのは十年前の三月三日である。この日は五節句のうちの一つ、桃の節句のまさにその日であったそうだ。井伊大老がこの日は登城する決まりの日であることを予め知っていた上での誅罰であったのだ。歴史上の大事件は彼らの暦で理解しないと全く面白くないのである。

（二）

この国の暦の七月十日、藩主が東京から福井に帰ってこられた。

久し振りにお戻りになられた殿様の御姿を一目見ようと、九十九橋北詰から桜御門を結ぶ本町の大通りには詰めかけた人の波ができあがった。朝から青い空が広がり、日射しが柔らかに降り注いで御列を輝かす。茂昭《もちあき》様は馬列の真ん中辺りに華やかに見える。

僕は人垣の後から御列を眺めていた。

殿様を先導するヤコニンたちの固い表情と町人たちの好奇心に満ちた無頓着な笑顔とが対照となって僕の目は映った。視線を列の後方に移してみても、ヤコニンたちは一様に表情が冴えない。殿様が通りすぎた後も、通りの人だかりは熱を帯びたままであった。各々が殿様の持ち込んだ空気の余韻に浸っている。

「殿様のお顔を拝したのはいつやったかの」

「ひでぇ久々に感じるがの。殿様には国にいてもらわな、やっぱりわしらも落ち着かんでの」

皆、上機嫌で言葉を交わしあっていた。

僕は、ヤコニンたちの浮かない表情ばかりが気になった。町人たちの高揚の中に身を置くことが不快になり、家に帰ることにした。

先ほどまで青空が広がっていたのに、厚い雲が覆っているのに気付いた。

何か重大な事件が起こるのではないかと予感がした。

「とても気になる風景だったよ」

屋敷に戻ると、僕は岩淵に気持ちを打ち明けた。

「そうでしょうか。殿様の御戻り、城下の人たちはさぞ嬉しかったことでしょう」

「いや、ヤコニンたちの表情がやけに硬かったのだよ」

「殿様の護衛ですからね。町人の出迎えに表情を崩すわけにもいかないでしょう」

岩淵は、僕とは違った印象を受けたようだ。いやむしろ彼の意見の方が大方の町人たちと同じなのであり、僕の方が考えすぎなのかもしれなかった。

日の入りとともに雨が降り出した。

床に就く前の読書は僕にとって一番寛《くつろ》げる時間なのだが、蒸し暑さのせいで思うように頁が先に進まない。没頭できず、余計なことが頭に浮かんでしまうのである。

その時、どこからともなく、低くうなるような地響きがとどろいた。僕は、地面からの突き上げを感じた。地震である。ほんのしばらくの間のことであった。時計を見るとちょうど八時を指している。

地震を経験するのは初めてではない。ただ、今日このタイミングで起こったことは何かの暗示であるような気がする。昼に感じた違和感が甦ってきたのであった。

（三）

一週間後の七月十八日、いつも通り学校に着くと、普段と様子が違っている。

ヤコニンや侍たちはあわただしく動き回っている。校内の至る所で生徒たちが集まり、何やら小声で話をしているのである。情報を得たいという強い衝動に駆られた。

生徒たちは僕に尊敬の念を示す礼儀を忘れてしまい、僕の存在は無きがごとく、誰も僕に目もくれない。その上、いつも世話をしてくれる担当の役人が見当らない。少し離れたところで輪の中心となって得意げにしている年長の学生を岩淵に呼ばせた。

彼は僕が呼んでいることを知ると、ようやくこちらにやって来た。

「今日は皆さん落ち着かない様子ですね」

「先生や偉いさん方が、学監室に入ったきり出てきません」

彼は、顔を紅潮させ早口で教えてくれた。

「君は何か事情を知っていますか」

「いえ、僕も手あたり次第に聞いて回っているのですが、誰も事情を知らないのです。先生たちが外に出てくるのを待つしかありません」

ここまで言うと、彼はふと何かを思いついたような表情を浮かべた。

「グリフィス先生は、中に入らなくて良いのですか」

胸の鼓動を感じた。

「僕も資格があると思う。今から向かいますよ」

努めて冷静に原則論を伝えると、僕はその場を離れた。

しかし僕は、行くきっかけもなく自分の部屋で沙汰があるのを待つしかなかった。外国人の僕は門外漢であり、声がかからないのだ。

学校で教師として教える権限は僕にあっても、藩の行政に対しては全く発言の権限がないのだろう。

しばらくあって、侍やその息子たちは大慌てで、部屋から出てきた。彼らは顔を紅潮させ、興奮の様子である。一様に急ぎ足で玄関に出て、下駄をひっかけ帯刀して、絹の羽織と袴を風にばたつかせて退出する若者たちは、まるで芝居じみて絵のようであった。

情報を得るチャンスが来たと思い、僕の持ち前のジャーナリストの精神が活発に動き出した。言葉の障害はあっても、学監や幹事たち、友人や知り合いに構わず断片の取材をし、情報を集めることにした。丁度、いつも食事をしたり、話をしたりしている仲間たちの斉藤（敏、明新館学校幹事）や田川（乙作、明新館教師・大属学監）、それに教え子の佐々木忠次郎、大谷外蔵などがやってきたので、手数が省けた。彼等には気兼ねが要らず、福井で今起こっている事件のことが訊けるのである。

曰く、四日前の七月十四日に発せられ、今日届いたばかりの「廃藩置県の請書（布告）」によれば、武士たちは役職を失い、世襲の収入を減少させられ、給金を新政府の国庫に引き渡すべしというのが命令の中身らしいのである。要するに福井藩を中央政府の一組織にして、これからは国がヤコニンを任命し、藩の財産はミカドの金庫に移管するというものである。

想い出したことがある。

福井へきてすぐの四月の初めのことだったが、知藩事である松平茂昭の殿様が数日後に上京されるという折に、河畔の別荘での夕食にあずかった。

今は東京に戻ってしまったルーシ氏も一緒だったと思う。われわれの新しい住居の計画や仕事のこと、化学技術の話などをした。そのとき間もなく藩の改革が本当に始まるだろうということを耳にしていたが、今まさにその嵐が現実にやってきたのである。

驚いたことにすぐにその日のうちに、変化が起こった。

学校から戻ると、藩庁の身分の低いヤコニンが訪ねてきた。今日の事件に関わる何かが示されるのだと察知し、慌てて佐平に岩淵を呼びに行かせた。

間もなく岩淵が到着すると、ヤコニンは話し出した。

「突然の御達しながら、屋敷を警護する門番役を減らすことになりました」

若いヤコニンはいつもの横柄な態度ではなかった。

「何故ですか。何が起こっているのですか」

「明日からは八人減ることになりますが、引き続き二人は留まりますので、彼らが抜かりなく屋敷の番をします」

ヤコニンは、僕の問いを無視して、自分の都合で話を先に進めた。

「それは分かりました。何故突然そのようなことになったのかが知りたいのです」

「私も詳しくは聞いておらぬのです。とにかく急な話でして…」

ヤコニンは視線を泳がせた。まさか嘘を言っているのではない様子だ。

さらに彼から、これまで世話をしてくれた中村や井上たち護衛四人が解任になることも告げられた。

(四)

次の日はもう、学校はヤコニンがほとんど出仕せずに不在になり、拍子抜けしたように全く彼らの邪魔が入らなかった。県庁のヤコニンも最小限になって、五百人が七十人になってしまったらしいのだ。極端なことなのだ。生徒の欠席が目立ち、授業を聞く顔もどこか上の空である。

授業を終えると、佐々木さんの息子、忠次郎にあとで僕の教師部屋に来るよう伝えた。彼は仲間の大谷を連れてやってきた。

「皆努めて冷静を装っていますが、内心動揺しているでしょう」

これに対して、忠次郎が昨日の事件のことを語り出した。

「藩士が職を失うことになるとは…。僕たちは悠長に勉強などしている場合ではなくなった」

大谷が話にあわせてきた。

「父上など、普段から家では多くを語ろうとせぬのですが、それでも昨晩の様子はふつうではなかった。食事を済ますなり、部屋にこもったきり出てこようとしなかったのです」

僕は、彼たちの話に口を挟まずリスナーに徹した。

「僕は昨日の学校の帰りに、物騒なことを言い合う輩を見ました」

別の学生が興味深い話題を提供してくれた。

「どんなことですか、詳しく聞かせてください」

「いやね、輩と言いましたが、身なりからして乞食や無頼者の類ではなくあれは間違いなく侍です」

「それで、彼は何を言っていたのですか」

「こんなことになったのは、三岡のせいだと言うんです」

「三岡様ですか」

にわかに信じがたかった。僕の知る限り、三岡様は非難を受けるいわれはない。

「そうです。するともう一人が調子を上げ、あいつらが新しい時代がどうだとか、外国と対等になるんだとか帝《みかど》が中心となり、世の中を一新するんだとか訳の分からんことを言い出したのがすべての元凶だと加勢したのです」

「ひどい言いがかりです。何があったのでしょうね」

「僕も父に聞くのですが、口が重くて…。侍にとっては面白くない事が起こっているのです」

「気になって奴らの後をつけたのですがね。散々三岡様に悪態をついた揚げ句、最後にはあいつ等を殺してやるなんて物騒なことを言っていましたよ。思ってもみない言葉でした」

「僕はそのような男たちは見なかった。皆冷静にふるまっているように見えたよ。君たちの話を聞きひどい驚きだ」

「おそらく、彼等のような過激派は少数でしょう。我が藩の大半の侍は、大殿様のような高潔で冷静な藩主を尊敬していますから」

教え子たちの話は驚きではあったが、作り話ではないのだろう。考えてみれば、僕の周りだけでも多くの侍たちが解雇されたのだ。彼等の話す状況は不自然なことではないのだろうと思い直した。

事実、町全体の武士や有力者の世論は、ミカドの命令は藩のためではなく国のために必要なことだ、国の将来は有望であり、アメリカのような国と仲間になれると語る人たちが多数であるようだった。

僕は内心、この変革はヤコニンという役立たずを減らすことであり、日本にとって良いことであり、学校の授業も邪魔が入らず、教師の僕としても結構なことなのだと思った。

屋敷に戻ったとき、父さんと母さんからの二通の手紙が届いていた。

福井藩にとって一大事件が起こり、当事者ではないはずの僕も何処《どこ》か心細さを感じていたので、待ち焦がれた家族からの手紙に心が躍った。

急いで目を通した…。しかしとくに目新しい事柄は書かれていない。何よりマギー姉さんからの手紙が一通もないのである。両親からの手紙には肝心なことがほとんど書かれていない。やむを得ず、家の様子をもっと十分に、もっと鮮やかに想像しようとするが、詳しいことはどうしても分からない。もし、僕が母国の我が家に対する興味や関心をなくしたとしても、その責任は家族の皆にあって僕のせいには決してならないだろう。

仮に、姉さんから毎月一通ずつの手紙をもらったとしても、僕との公平を欠くと思う。僕よりも時間があって、しかも僕の方がいつも多くの話題を送っているのだから。

心が落ち着かず、あれこれ思案しているうちに夕刻となった。朝からの雨が止み、西の空に浮かぶ雲の隙間から赤い夕日の光が漏れだしてきた。今夜は橋本医師が訪ねて来ることになっていた。

橋本医師は兄左内の死により二年前に福井藩に帰藩、その後に松平殿様の主治医となった有力者である。僕の最も好きな友人の一人である。

橋本医師が静かに切り出した。

「福井藩というものがなくなるということです」

「町がすごい騒ぎになっています。藩の人減らしが始まっています。詳しく話してくれませんか」

橋本医師の口から願ってもない話題が早々に出たので話を続けるようさそった。彼は殿様と近い。何か良い情報を持ち合わせているに違いないのだ。

「藩がなくなり、我々は中央政府の一員になるのです」

「そのことは、僕も聞きました。殿様の立場はどうなるのですか」

少し間を置いて橋本医師は答えた。

「松平様は藩主としての身分を失います。だから、おそらくそう遠くないうちに福井を去られるでしょう」

福井がどうなってしまうのか。

「今回の大事件についてあなたのお考えを聞かせてもらえないですか」

「福井は徳川の譜代として、かつては六十八万石、現在も三十二万石の大藩です。新しい時代を切り拓いたのはわれらが君主、松平様であり殿を支えた若者たちなのです」

橋本の口調は堅苦しく、明らかにいつもと違う印象を受けた。口が重く、普段の陽気な調子が出ないのだ。

「僕の護衛をしてくれていた中村や井上が罷免されました。屋敷の警護役も二人だけになりました」

橋本は、驚いたような反応をした後、間を空けず言葉を返してきた。

「それは極端な例かもしれませんが、同じようなことがこの町全体で起こっていますよ」

「僕は、福井の財政の立て直しのための改革が起こったのだと理解しています。今まで無駄な支出が多すぎたのです。その最たるものがヤコニンの経費なのでしょう」

僕は自分の考えを率直に伝えた。

橋本は軽く頷いた。

「お見込みのとおりかもしれませんね。ただ、三岡様たちの改革のおかげで、今では福井もそれほど困窮はしておりませんよ」

彼は僕の意見を否定も肯定もせず、話に含みを持たせた。

「では、改革の本質は何でしょう。いったい何が起こっているというのですか」

「私もよくは絵解きをできないのですよ」

彼とは親しく付き合ってきたのだが、この件に関しては外国人の僕は部外者であり、深入りする立場にないというような反応であった。

「先生、勝手ながら僕はあなたのことを頼りにしています。このまま除け者にされつづけるのはもう耐えられません」

橋本は、僕の目をじっと見て話しだした。

「日本には松平様のようなお方が二百人以上おられます。これを束ねていたのが幕府だったのです」

「私も多少の知識はあります」

僕はこの事件のバックグラウンドにかかわる彼の話の続きを促した。

「しかし、幕府は倒れ、新しい時代になった。各藩が各々の考えで政《まつりごと》を行ったらどうなるのでしょう」

「力のある藩が自然に中心となり次の封建体制が築かれるのでしょうか」

橋本は、僕の応えに軽く頷いた後、話を続けた。

「仕組みの大胆な変更が必要というのが、この国の新しい政府の考えなのでしょう」

橋本は額の汗を拭った。

「内向きの議論を島国の中で悠長にしている場合ではないのです。日本はすでに世界に開かれましたが、万事が余りに脆い状態なのです」

「何もかもを中央に集め、国を強化するのですね」

橋本は大きく頷いた。

「福井藩は他の藩に先んじて、この時代の到来に備えたのです。そして、今その成果が試されるときなのです」

「これからこの国は、あなたの国やイギリスのように、強国の仲間入りをする。我々福井藩の有志たちの出番です」

これまで僕は、今回の改革をヤコニンの数が減ったという表面上の変化だけで捉え、それが主たる目的なのであると早合点していた。しかし実際はそれほど単純な話ではなく、この国が強固な中央集権国家を目指しているということが重要であると橋本医師から学んだのである。

彼の表情や口調はいつもより勇ましく感じた。今まさに断行された革命がいかほどのものであったかが伝わってきたのだ。彼は実兄が国を変えるべく奔走し、志半ばで命を絶たれたのである。その無念が橋本医師の心から消えることは消してないのであろう。

（五）

今日は僕の暦で九月十二日、爽やかな風が吹き、季節の変わり目をはっきり実感できる日になった。あの日から早や十日が経とうとしている。

今日の午後は青い空が澄み、白い雲がぽつぽつと浮かぶ。晩夏の空を背景に山々も浮き出て、山肌がはっきり見える。緑を帯びた周りのすべての地形がそれぞれ高低、遠近にしたがって色合いを変え、光の陰影も加わって実に美しい。水平に広がる田野は黄金色に輝く。そして九頭竜川の水の色は秋の色である。

実に心地良い季節であるはずなのに、侍たちは目まぐるしく動き、それを眺める町の住民たちからもどこか落ち着かない心地でいるように見えた。

僕の方はというと、僕が大切にしてきた優れた学生たちが、次々と挨拶に訪れ、福井脱出を続けていた。

僕はまだあの日の興奮の中にいるのだが、教え子たちとの別れが、僕の高揚した気持ちを徐々に冷やし、代わりに、寂しさとも焦りとも取れない不思議な感情が渦巻いていた。

福井がどうなるのか皆目見当がつかず、常々感じていた外国人としての孤独の念がさらに強く僕を覆ってきた。

そのような折、嬉しい知らせが届く。県庁の村田氏寿《うじひさ》様が僕に話があるというのである。

「突然の呼び出しで申し訳ない。橋本君から、君が落ち込んでいると伺った」

彼は僕の一番の理解者であり、良きアドバイザーなのである。僕の心を察して話し合いの時間を作ってくれたのだ。彼は、福井の中枢にある人間であり、このチャンスを逃す手はない。

橋本医師のレクチャーにより、この国が列強と対等の地位を築くために、権力の中央への集中を急いでいることが理解できていた。身の回りのヤコニンたちの失職を目の当たりにすることで、変化の一端を感じ取ってもいた。しかし、翻訳で聞く話は何と間遠いことか。自分の想像の方が事実を歪めてしまっているのではないかと心配であった。

急いで中央に権力を集めるというが、実際どのような手続きで行われるのか、そんなことが本当に可能なのか、具体的にイメージができなかったのだ。リアリティがないのである。

「廃藩置県、その二年前の版籍奉還、さらに二年前の大政奉還、言葉も複雑で、事態が新しくなるほど混乱して意味がすっきり分かりません」

まず僕は、県庁の村田様に質問をぶつけた。

「無理もないと思う。列公のみならず諸藩の士たちでさえ分かりかねているだろう。福井藩のわれわれはこれまで改革に関わってきたので、その意図するところは理解するが、どこまで徹底するのか、どこまで急務なのかがまだ不確かなのです」

村田様はいつもと変わらず落ち着いた口調である。

「日本はミカドと幕府、何百もの地方のちがった藩があるから、あなたたち外国人はそれぞれの関係の研究をする必要があります」

彼なら今の状況を詳しく教えてくれるのではないかという確信が僕にはあった。

「日本には決められたことを書物に残す習慣はあっても、その実況を記録する習慣はあまりない。それはグリフィス君が興味を持って実行してくれる事柄かと考える」

このとき通訳の岩淵は、オブザーバー、リポーターという言葉を僕に訳した。そうして村田様は、神武以来のミカドから日本の歴史を組み立てている原理や筋道を僕に語ってくれた。要点は日本の政治が歴史的に一系の帝として繋がっていて、七百年近く朝廷と幕府が互いに究極まで争うことはせずに、語り合って政治を進めてきたこと、最近の三百年では徳川幕府も小・中・大藩、主従・血族・同輩と権力が分散されており、朝廷との関係もふくめると何層にも正当性の位置づけが重なっていることなど、詳しく説明された。

「今からちょうど百年前に、グリフィス君のアメリカが独立したとき、十三のステイツが外国との戦争や通商、国内対立の調停のためにイギリス帝国との戦争やフランスからの応援を得るために政治統合が急務となった。何とかして中央政府を作るために、ナショナル（国家）ではなくフェデラル（連邦）であるという限定的な政治形態ができました」

「よくご存じで」

「グリフィス君が生徒たちに合衆国の高校で教えておられることですよ」

「これは日本のわれわれが直面している二年前の版籍奉還、全国の廃藩置県とは地方か中央かというディレンマであり一見よく似たところがある」

「しかしグラント大統領と、ずっと歴史が続いている日本のミカドとは全く同一視できません」

日本はわが母国とは違って、極めて古く連綿と刻まれた歴史があることを僕は知っている。

「その通りです。歴史の長さの違いと言ってしまえばそれまでですが、日本には一系のミカドが途絶えることなく存在しているから、不思議なことに中央政府は極めて作り易いのです。アメリカのように地方が中央に権力の一部を委任する必要がなく、むしろ、元に返しさえすれば良いからです」

「僕は、日本が中央集権になることに賛成です。地方はさびれる一方になるかもしれません。しかし、それしか日本の生きる道はないでしょう」

「しかし、ミカドが直接に政治を行うことはないので、実態は話がまた元に戻って誰がその権力を執行するかです。倒幕派だった薩長らが、錦の御旗をかざし土地・人民の所有者をミカドのものとし、廃藩置県を断行することにより権力を藩に一切残さないように息の根を止めようとしている」

村田様の話の中身が僕の気持ちを惹きつけた。

「グリフィス君などは若いから、おそらく歴史は進捗すると信じているだろう。アメリカの発展を実際に目にしているからそのはずだ。しかし絶対に進歩するのか、それとも形を変えて練り直しているにすぎぬのかは断言できない。ミカドに大政が奉還されたとしても、その権力を特定の藩の下級の侍たちが掌握するとしたら、また元の木阿弥だ。名目だけの貴族も、成り上がりの士たちもミカドの政治には無力を表す恐れがある」

村田様は僕の顔をじっと覗きこんだ。

「君は記録魔だという噂があるから敢えて言うが、これからの話は、立場を抜きにして話すので、君の豆手帳はポケットに入れたままにして欲しいものだ」

と村田様は声をあげて笑った。このような話をしていても彼は大らかなのだ。岩淵はフリートークと訳してくれた。

「急進主義者や過激派にもさまざまな程度の差はあるが、政治の急ぎすぎや均衡の無視は、あとになって大きなツケの始末をさせられる。そのうえ万事、仕事の中身も重要だが、どんな人間がそれを実行するかがもっと問題になる。志の低い人たちや名利を追求する人たちの手にかかると、どんな仕事も色褪せてしまう」

村田様は今回の革命に対して、賛成なのか反対なのか立場が僕には十分分からなかった。

「日本が近代国家の仲間入りをするのは喜ばしいことです。しかし、武士の精神的支えであった武士道が消え去るのは外国人の僕から見ると惜しい気がしてならないのです」

村田様はまた表情を少し崩した。

「君の口からそのような言葉が出てくると何だか不思議な気持ちになる」

村田様は続けた。

「侍の身分を失ったからといって、彼らが路頭に迷う訳ではないのだよ。この国に根付いた武士道の精神は、刀を振りかざすことによってのみ生かされるのではないのだから」

「武士の精神が新たな時代を切り拓くと」

「見ておれば直に分かるよ」

村田様は僕を真っ直ぐ見据えて言った。

「私も侍の端くれなのですから」

県庁からの帰路、僕は村田様の言葉を一つ一つ想い返し、頭の中で反芻《はんすう》していた。彼の話は実に興味深く、直接指導いただいたことはこの上ない幸運だった。

村田様によれば、この国は古くからミカドという国家の拠りどころがあり、本来的には中央集権に馴染みやすい土壌が備わっているというのである。ただ、実際に政治を中心となって行う人間が誰であるのかが今回の革命の成功の鍵であり、彼はそのことを懸念しているようであった。

（六）

次の日の朝、気分を変えて僕は佐平に今回の革命について、初めて話を向けた。彼も何らかの形で、今回の件を耳にしているはずなのである。しかし、僕の見る限りでは、彼の振る舞いは以前と何も変わらず、革命ともいえる世の中の変化など意に介しないといった様子であった。

侍やその子どもたちだけでなく、庶民の心の内を知ることは記録をまとめるうえで重要であると直感したのである。

「佐平、これからはお前の奥さんや佐太郎、それにおぶんたちの時代が来るよ」

「お侍様が、自分たちのところまで降りてくるのは好かんのう。私たちが立派で上品になれるかというと、すぐには無理な相談です」

佐平は鼻を動かして、大げさに表情を作ってみせた。

「だんだんグリフィスさんの国のようにお金が幅を利かせる世の中になるのも困るでのう。何もかも無茶苦茶になるのは…」

「佐平はいつもと変わりなく見えますね。福井の行く末について不安になりませんか」

「私はグリフィスさんに仕えている身。お侍でも商人でもない。一生懸命、真面目に働いて偉い人の役に立ちさえすれば本望です」

僕は彼の本心を引き出そうとした。

「佐太郎やおぶんたちがこれで幸せになれるのなら賛成ですけど、また威張りちらす新しい人間が出てくるのは止めてほしい」

庭先のおぶんが、自らに話が及んでいるのに気付き、不安そうにこちらを伺っている。

「あの子にいつも言い聞かせている。一生に持つ幸せの大きさは皆、同じなんだよと。佐太郎もおぶんも侍も殿様も、幸せの量は皆同じなのだから。あの子にもこれからきっといいことがあるはずです」

「おぶん、誰も皆同じ大きさの幸せを持って生まれてきている。お前には、これからきっと良いことがあるんだよ」

佐平が庭の方に顔を向けるとおぶんは小さくうなずいた。

佐平は、低い鼻を分別ありげに僕に向けて言った。

「おぶん、お前の母《おっか》ちゃんよりも少しでも幸せになるんだぞ」

おぶんの控えめに頬を緩める顔立ちを眺め、この子に幸せの光が差し込めば、少しずつ大人になり美しさとして昇華するだろうと思った。

（七）

この国の秋は季節が進むのが早い。晩夏の暑さが過ぎ去り、夕陽の頃には薄着では肌寒さを感じる日もあるくらいなのだ。

綺麗に刈り取られた田を眺めると、なぜか感傷的になるのである。

九月三十日は藩主と四人の側近が僕の家で食事をすることになっていたが、藩主は側室萱子殿がその日の十時に亡くなったので急に来られなくなった。けれども四人のヤコニンは予定通り来てくれた。僕の愉快な友人の橋本も来て、三時間を皆で楽しく過ごした。夕食に八ドル要した。日本の習慣に従って土産をもらった。千本様からは卵二ダース、村田様からは砂糖菓子一箱、どれも素晴らしい心づかいである。

藩主は十月二日、朝早くに東京へ発つ。

昔の封建制度がすべて廃止される。そして今や天皇の政府が最高位につくことが知らされよう。そこで前の藩主は引退して私生活に入り収入はあるがもはや権力は皆無になる。日本の新時代は日本の歴史上最も重大な時代となる運命にあった。しかもこれは最初から藩主自身の提案によっていた。これからの日本は単一国家として生きる行動をする。そして古い格言に言うところの団結は力であるとの真理を実現していくのだろう。

惨《むご》たらしい打ち首や、石切り場の奴隷を見て心を痛める必要もなくなるだろう。

けれども変化には常に悲しみが伴う。古い封建制度が消えていくのを見るとどうしてもしんみりと悲しくなってくる。たとえこの福井に来た目的が古い過去の遺物の上に現代文明の基礎を置く、いや置くのを助けることにあるとしてもだ…。

いずれにしても僕に関する契約の拘束力は福井政府にあるのだが、もっと高い地位が僕を待ち構えているかもしれない。神のみぞ知る。けれども僕が福井のヤコニン、教師、医者から高い評価を受けていることを知ると、ここに残って青少年を忍耐強く教えることに骨を折りたい気持ちにいっそうかられる。

（八）

新しい家に住むようになって一週間ほどが過ぎていた。

今日は、雨は日の出とともに上り、素晴らしい青空が広がった。

雀たちは群れをなしてせわしなく動いている。まだ僅かしか散っていない金木犀の小木の繁みの中に入り込み、すばやく動き回り、その度に黄金の花を散らしている。

真ん前に川、絶えず人の自由に往来する橋、向かい側に女たちが下りて水を汲む。子どもらも下りて川原遊び。大地は日の光を浴びている。

今日の僕はいつもより淋しい気持ちでいる。今日、藩主が別れの挨拶に家に見えることになっていた。数日後、江戸へ行くのだ。おそらく永久に福井を後にする。

「昨日は失礼をしてしまい大変申し訳なかった」

殿様は簡単な挨拶を済ませると新しい洋館をゆっくりと見て回った。

「完成が遅くなりました。酷く不便をかけましたな」

殿様が詫びてこられたので恐縮し、慌てて反応した。

「素晴らしい出来映えです。想像以上です」

僕が満足している様子を見て殿様は満足をもって頷かれた。

「東京に行く前に、先生の家をこの目で見届けることができて良かった。これからは存分に励んでくれ」

殿様は部屋の窓からしばし足羽川を眺めた。

「このような時期に福井を離れなければならないことを残念に思う」

何と返事をしていいのか迷った。

「三岡様も行ってしまわれました。それに…橋本医師も佐々木様も間もなく東京行ってしまわれます」

殿様は外を眺めながら聞いていた。

「僕の教え子たちも遠くない将来には活躍の機会を求め旅立つのでしょう」

「それも世の流れ、抗《あらが》うことはできまい…。ただ一つ言えることは、時代がどうあれ、皆が自分のすべきことをするしかないのだろう。僕の役目は終わってしまったのだが」

彼の言葉を頭の中で暫《しば》く繰り返した。

「やるべきことを…ですか。急激な変化は民を不安にさせるのです。この国の変化に肯定的な僕でさえ、時折不安になります」

少し間を置いたあと、殿様は再び口を開かれた。

「初めて会った日、君は必ずや明新館から私を支え、福井を富ませる人材を輩出すると言われたな。今でもよく憶えている。あの時の君は使命感に満ち溢れた青年に映ったのだよ」

「あの時の言葉に偽りはありません。僕の教え子たちが上京して活躍し、日本を導く。素晴らしい時代が幕を開けようとしているのです」

「そうだな…。しかし福井はどうなるかな」

虚をつかれた。

「福井の優秀な子どもたちが、東京に行くのは良いようで悪い面もあるのかもしれん。東京にだけ知恵が集まる。知恵のあるところには富が付いてくる。これで果たして幸せな国になるのだろうか」

殿様の口から意外な言葉が発せられたので驚いた。

「身分を解かれ、東京に行く僕が言うのも何だが…」

殿様は長めの間を置き、言葉を続けられた。

「しかし、実に心残りなことである」

僕は、殿様がナーバスになられているのだと感じた。

「今は知恵を集め、国家の仕組みづくりが急務なのでしょう」

「その通りだな。しかし地方を支える人間もまた重要なのだ。君にはこの地でそういう人間も育てて欲しいものだな」

殿様は視線を外から僕に移した。

「あとどれくらい福井で教えてくれるか」

「契約ではあと二年半です。しかし、そんな先のことは僕にも分かりません。このような情況では…」

「決めたことをやりきることも大事だ。東京には君のような人間は沢山いるが、福井では君は余人をもっては代えがたい教師なのだから」

僕は、自分の中で迷いがあるのを自覚していた。そのため、殿様の言葉に調子をうまく合わせることができず、ただ黙るしかなかった。

「民富めば国富む…か」

不意に殿様が言葉を発せられた。

「いい言葉です」

「これは三岡君の受け売りなのだよ」

「国は閉ざすものでなく開くもの…これは大殿の春嶽公の言葉であるの」

「激流にも耐えうる柱のように揺るぎない信念を心に持て。目標に達するまでの道筋を多くしないことが肝要。これは左内君だった」

もはや彼らの誰もが福井にはいないのだ。想い出にふける殿様の姿からは、かつてのよそよそしい威厳が感じられなかった。

「福井の先人たちの貢献には感謝しかない、実に誇らしい。彼らの信念とそれに続く若者たちが創り出す日本を早く見たい」

殿様が去られ、僕は部屋に一人となった。

窓から庭の金木犀に目をやった。

一羽、二羽と雀がそこから飛び出してきて、隣の紅葉の樹に移ってゆく。数羽だけかと思っていると、次々と出てくる。あっという間に十羽近く、金木犀のこんもりした枝の中から出てきた。雀たちは静かにしている時間もしばらくはあるが、鳴きはじめるや騒がしくなり、高い声や低い声を交えて賑やかである。


僕は、福井藩に雇われた人間だ。福井藩は多大な出費をはたき、先駆けて若者の教育に取り組んできた。その成果が東京で花開くのはこの国にとって望ましいことなのだろう。殿様も胸を張って東京に戻ることができるのだ。

しかし、殿様の表情は晴れやかさとはやや遠いものだった。何故か釈然としないお気持ちを持っているのは明らかだった。その微妙な心境を、ある程度は僕も理解することができた気がした。

日本は近代化の道を歩みだした。知恵の集中は必要であり、その場所が首都であることに異論を唱える者はいないだろう。

ただ、やはり福井の先見性が産んだ知恵や投資は福井に還元されてしかるべきなのだ。国の繁栄が地方まで広がりを見せなければ、真の近代国家たりえないのである。福井の民たちが、豊かで幸せな生活を享受する未来が遠くないことを殿様は願っていたのではないだろうか。

（九）

十月一日。今朝早くから、裃《かみしも》姿の侍が告別の準備をして城に集まってきた。僕は九時に大広間に着いた。この光景は一生忘れないだろう。部屋を仕切っている襖は全部取り外されて大きな畳の間になった。

そこに藩の三千の侍が位階の順に並んでいた。各自が糊の付いた礼服を着て、頭髪を剃り、銃の撃鉄のような丁髷《ちょんまげ》をつけて、正座して刀の柄を両手で握りしめていた。この侍たちの垂れた頭はこの重大な事態から生じる思いでいっぱいなのであろう。それは単に封建領主との別れと言うだけのものではなかった。自分らの祖先が七百年生きてきた制度の厳粛な埋葬であった。一人一人の表情が遠くの過去を思い返しているように思えた。その目は過去にさかのぼり、不確実な未来を探ろうと努めているように見えた。

僕は侍の心の中が分かると思った。刀は侍の魂、その刀がその名誉の場所から取り外され、無用の道具として捨てられ、商人の墨壺と台帳のために道を開けなければならないのか。侍が商人以下になるのか。名誉が金銭より劣ると考えられるようになるのか。日本の心が日本の富を枯渇させようとする卑しい外国人の水準にまで下げられるのか。侍の子どもまでが働き骨を折り、自分の糧を稼がなければならないのか。侍の世襲年金が中止になったらどうしたらいいのか。祖先が立派な騎士であり戦士であった、その血と心を受け継ぐ武士が下層民と仕方なく混じらねばならないのか。

これが、待機している家臣の、あの大勢の顔を暗くくもらせている思いであるように見えた。大名の登場を告げる声で、場内は静粛になった。

前越前藩主、福井藩の封建領主、そして明日からは一介の貴人になる殿様が、大広間へと広い廊下を進んできた。紫の繻子の袴に、白い繻子の下着と、濃い青味がかった灰色の絹縮緬《きぬちりめん》の上着で袖に刺繍がしてあり、背中と胸に徳川の紋の付いたものを着ていた。帯にいつもの刀を差していた。白い足袋を履いた足が音もなく畳の上を歩いた。殿様が進んでいくと、侍は刀を右横に寝かせて礼をした。

そして殿様は家来の居並ぶ中を大広間中央へと進んだ。

「今や詔を下され、藩を廃し県を置き、前日の知事を免し、冗を去り簡に就き……」

殿様の簡潔で立派な挨拶が、筆頭の家臣によって代読された。藩の歴史、領主と家臣の関係の歴史、三年前の改革をもたらした原因、天皇家を元の権力へ戻して地方の藩主にその封土を返還せよ、との天皇の命令が恭《うやうや》しく簡潔に述べられた。

終わりに殿様は、家来全員にその忠誠をすっかり天皇と皇室に移すように頼んだ。それから落ち着いた適切な言葉で家来との新しい関係を説明し、家来自身とその家族の成功と繁栄を祈って、厳粛な別れを告げられた。

侍を代表して、その中の一人が皆の気持ちをよく表した挨拶をした。前領主としての殿様のことに優しい言葉で触れ、そして今後は天皇と皇室の忠実な臣民になる決意を宣言した。

岩淵が僕のすぐ傍に控え、声を潜めて丁寧に通訳をしてくれた。

これで式が終わった。殿様とその家臣が広間を去った。

殿様はそのまま、僕の家にやってきて、数分腰を落ち着けられた。そして、福井の若い人たちを教える僕の努力に心からの感謝を表明し、東京の家へ遊びに来るよう勧めた。僕はそれに答えて、受けた多くの親切に対して感謝の気持ちを表した。それからアメリカ人の礼儀に従い握手をし、日本人のそれにならってお辞儀をし、別れの言葉を交わした。

（十）

翌、十月二日は朝から雨が降りしきり、時折雷鳴が轟く荒れた天気となった。

今日をもって藩主がいなくなる。町中が大騒ぎをしているように見えた。あいにくの天候にも関わらず、通りは晴着姿の町民でいっぱい。田舎からも数千人が来ている。皆、藩主を一目見にやってきた。それは告別の集まりなのである。

数百人の老人や女、子どもが泣いている。千人の連隊が十二マイル離れた武生まで藩主を護衛することになった。さらにそのうちの忠実な家臣三、四人、従医の橋本、侍僕が東京まで付いて行く。今日のこれと似た場面がおそらく日本の多くの城下町で目の当たりにされることであろう。

僕は、横浜から福井に来た時、とんでもない僻地に来たものだと後悔が募った。しかし、この半年いろんな見聞きするに、今の時代が切り拓かれた最大の功労は、この福井藩の有志たちにあったのだと感じるようになった。彼らの頭脳が導き出したのが新しい明治の世である。いま、中央集権という体制を得て、日本の近代化が強力に進められようとしてるのだから。

今日は朝からよく晴れ、気持ちのよい青空が広がっている。

殿様が去られて一ヶ月が経った。僕の暦で十月の最後の日だ。福井の秋の山は実に美しい。空気は澄み陽は斜めから差し込み、杉林の青は緑を加え影を濃くする。落葉の木々は、一つひとつ独自の姿をあらわし、全体として山々の紅葉樹の部分をこんもりとさせ、さまざまな色を帯びる。秋のはじめ、山と山の遠近や重なりがはっきりしてきたと感じたが、ここのところ、尾根と谷とが対照的に分かれてますます立体的になってくるのを感じるのだ。

夏の間は、平板で単調であった山の姿は、まるで生き物の四肢や背中のように、今にも動き出しそうな滑らかな形と野生の茶色を帯びてくるのが面白い。

明日はいよいよ、僕の大好きな佐々木さんが福井を発つ日だ。

彼は最後の別れを言いに僕の屋敷を訪れていた。

「このような日本の奥地の福井で、開明的な人々が次々に輩出されたのが不思議で仕方がないのです」

「そうでしょうか。地方にいるからこそ、この国の置かれている状況、それに問題点が見えるのではないですかな」

「福井にはそのような基盤がある。これを次世代に繋げていくのが、あなたたち教育者の使命でしょうな」

「しかし東京だけで物事を決める社会がやってきます。福井にいては何もできないのではないですか」

僕は先日の殿様との会話を想い出して、彼に問いかけた。

「なるほど。今はそれでよいかもしれません。各地の多様な価値観が中央で結集するのですから。ただ…それだけではこの国の新しい政府も長くは続かないでしょう」

佐々木さんは、現在の状況に手放しで喜ぶような態度を示さなかった。

「日本には脈々と受け継がれてきたミカドが幸運にもおられます。僕の国とは違います」

「日本は小さな島国です。あなた方の国のような列強が、実力で攻めてきたらひとたまりもない。地方がそれぞれ好き勝手やっていたのでは、太刀打ちできない。軍備にしたところで、近代的な防衛を備えるためには莫大な費用が掛かる。これは、分権国家では無理です。何せお金がかかりますから。現実問題として今の状況は必然でしょうな」

僕は黙って頷いた。

「日本人同士の支配領地を巡る争いから、海外の国々との戦争への転換期になるのです」

佐々木さんはさらに続ける。

「当面の課題は誰がこの国の舵を取るかでしょうな」

「佐々木さんのお考えを聞かせてもらえませんか」

佐々木は出しかけた言葉を飲み込んだように見えた。

「僕の親しい三岡さんや佐々木さんは東京での活躍が約束されているでしょう。福井の皆さんの活躍が楽しみです」

僕は、二人の名前を敢えて出し、佐々木さんの反応を待った。

「なるほど、なるほど…」

佐々木さんはしばし、目を瞑《つむ》り何かを考え込んでいる様子であった。そして静かに目を開け僕を鋭く見た。

「実際はそうでもないのですよ。我が藩出身としてひときわ精彩を放った大殿様も、昨年七月に中央政府からすっかり退かれました。維新財政を一手に担った三岡さんも一度は中央政府を追われた身です」

「維新当初は議定や参与などの要職に就き、大いに気を吐いた福井勢は、大殿様の退場を最後に中央政権から一掃されてしまったのですよ。幕末維新期を通じて、我が藩が強力にすすめた公議公論の開明的政治理念もいきおい地に落ちたのです」

口調はゆっくりながら迫力があった。彼の中には殿様と同じ類の思いがあると覚った。

「一方で、中央政府の支配勢力はますます専制化の方向に進んでいるのです。かつての武力倒幕派出身の有力官僚が中心となって政治をますます藩閥化していくのではないかと懸念しています」

表情はいつになく暗かった。

「あなたや、息子の忠次郎にはこの国の中心となって頑張って欲しいです」

「私はともかく、忠次郎に先生のお墨付きを頂けて何よりです」

佐々木さんは、笑って見せてくれた。

「グリフィス先生のお世話も十分なことができず、途中になってしまい、私としても面目ないことでしたな」

「あなたには心から感謝していますよ。本当にありがとうございます」

「ところで、グリフィス先生はどうなさるのですか」

「福井で頑張るつもりです」

「なるほど。三年間の契約ですからな」

「学生を何人か住まわせようと思っています。学校だけではできることが限られますからね」

「そうですか。先生はクリスチャン、なるほど。あまり無理のないように良しなにやってください」

相変わらずの勘の良さである。

「あなたがいなくなると淋しくなります」

佐々木さんは、笑うとも悲しむともとれない妙な表情を浮かべた。

「ありがとう」

これが佐々木さんと交わした最後の言葉になった。

彼も村田様同様、中央に権力を集めただけでは形式的な解決にしかならず、誰がこの国の舵取り役をするのかが重要であるという見解を述べられた。

彼はさらに踏み込み、権力を担うのが福井の有志たちではなく、倒幕の中心となった雄藩の人間であることを示唆したうえで、福井藩が提唱した公議公論の精神がないがしろにされるであろうことを嘆いたのである。

多くの見識者たちの貴重な証言を聞く中で、僕は自分の中で福井への愛着が芽生え始めているのを感じていた。一方で、三年間というアグリーメントが僕の心に重くのしかかっている。この相反する二つの感情が僕を苦しめ出していることを自覚し始めていたのであった。

第七章　村田との談判

（一）

秋に入り、僕の内心は帰る燕のように落ち着かなかった。

もう福井に居ることには迷いがある。東京で自分の新たな使命を果たしたいという思いに心が魅かれる。このままじっとして居ては、冬を目の前に残された哀れな渡り鳥になってしまう。

それ以来、僕の心細さを大参事の村田様に会った際もお伝えしてきた。理解を得るのは簡単ではない。前回の面談では僕の気持ちをはっきりと申し上げたのだが彼は相談には乗ってくれるが、辞める話にはまともに取りあってはくれない。

「冬が来たのだから、一日ずつ日も伸びて明るくなり、福井で一番素晴らしい季節、早春の到来もすぐですよ。グリフィス先生の方が動揺してはお終《しま》いですよ。また改めて話し合いましょう」

ということで終わってしまっていた。

日本に派遣された際の僕の後見人であったフルベッキ師からは、上京の諾否を早急に決心するよう求めてきているのである。

今晩、僕は話し相手が欲しくなった。岩淵は幸い同じ敷地に住んでいる。佐平に言って自宅に来てもらった。

村田様との最終となる面談を控えているわけだから、心構えを整理しておきたかったのだ。

通詞の岩淵とは事前に意思疎通を十分に行い、気持ちを一つにしておく必要がある。

彼は、勘よく僕の要件を察して尋ねてきた。

「だいぶお悩みの様子ですね。村田様と談判をされた上で、翻意でもなさるおつもりですか」

「否、そういう訳ではありません。とはいっても、自分も納得できる説明をしたいのです。初めからもう一度筋を通して考えてみたいのです」

この数か月のやりとりを、僕と同様に知っている岩淵に対し、是非とも最後の相談に乗ってもらいたい、と改めて強く頼んだ。

村田様からは、既に書簡を受け取っていた。

グリフィス先生のご尽力により生徒の学が進み、学問の開化が進んでいる。しかし先生が東京へと移ってしまわれては、県庁はもちろん生徒の失望は言うまでもない――

以上のような趣旨なのである。


「通詞のわたくし岩淵は、いつもグリフィスさんと運命を共にしてきましたよ。父祖の時代であれば、私など江戸にたまに出るにしても、富士山を日々西に眺め、時折は天狗党の筑波山を北に見て、下総・佐倉の地で子どもたちに手跡を教えて一生を終えていたでしょう。ところが世の中が一新したお陰で、私はアメリカにまでも行った。そして日本のあちこちを放遊して、今、グリフィスさんと一緒に頭をかかえ込んでいる」

と言葉を合わせてきた。

「岩淵、僕も君のような人間であったらどんなにいいかと思う。気楽にわが道を行く性格だから。それにちゃっかりと美しい娘を福井で選んでしまった」

ややや言い過ぎたかとも思った。

「いや、グリフィスさん、名誉もお金も、ご自身の楽しみあってのものですよ。あなたは、ご自分が休日をとっておられると、世の中全体も安息日だと思い込むような自己本位のところがあります。それにあなたは考え過ぎ、肝心な事柄とはいえ準備のし過ぎや計画倒れのところがありませんか」

「でも神様は、自ら前もって備える者にしか祝福はくれませんからね」

「私の通詞の仕事などは、相手方次第、多少の備えは致すにしてもいつも出たとこ勝負です」

岩淵の方も負けじと突っ込んでくる。

「君のような生き方は到底できないよ」

と僕は不満を言葉に出した。

「君は推測できますか。だんだん僕の心の中にしのび込んできているものが何んだかを」

僕の苦労を分かってもらいたい、と僕が真剣な表情をみせた。岩淵は改めて似たような問いを発した。

「分かっていますよ。何故にまだ迷っておられるのですか」

「君も知っているだろう。僕は新政府から、福井藩と同じような破格の条件で誘いを受けている。東京に新しくできるサイエンスの大学の教授職です。今せっかく目の前に前髪を差し出してくれている幸運の女神を、素通りさせてはならないと思っている」

「グリフィスさんは恵まれすぎですよ、羨《うらや》ましい限りです。しかし王者に安眠なしでしょうか。この際、お悩みにはおさらばして、申し入れをお受けになられたらいかがですか。決めた約束は遂《と》ぐるもの、将《は》た違ゆるもの、パイの皮のごとく」

「軽口はよしてください、洒落にもなりません。友人として君の率直な意見を聞きたいのです」

「通訳に大事な交渉の助言を求めたりする外交官は、世界中のどこにもおりませんよ」

「友人にそんな突き放した言い方はないでしょう」

「グリフィスさん、あなたは悩んでおられても、それを人に相談されるにしても、結局はいつも自分自身の考えを貫いてこられた人生かとお見受けします」

岩淵の、広い額を僕はじっと眺めた。

「それに村田様の家は漢学の家系であり、学殖の誉れ高い方。明道館では左内先生の後任でもありました。本当のことをはっきり直言される方です。あなたも、ご自分の意見をきちんと申されれば十分でしょう。途中がどうなろうとそれで一件決着ですよ」

「僕のやろうとしていることは間違ってはいないと思うのだが、契約が守られていないと言われれば、その通りかもしれないのです。自分の行動に疑問符が付くのです。それに、福井に残った人たちのために、期待に沿うことの方がより勇気のある道ではないか、と内心思い直す自分自身がいるのです」

僕は岩淵から目を離した。そしていままではもう住み馴れた感覚を持つようになった自分の部屋の造作を、新しいものを見るように眺めた。

「あなたは退屈になられましたかね、まだ一年も経っていませんけれども。僕の仕事の通訳だって、日々新しいことをしているようで結局は繰り返し。退屈といえば退屈な仕事です。影のような役割です。芝居小屋に登場する一人二役の役者のようなもの。まったく自分というものがありません」

「今夜は、君は通詞ではなく僕の友人だよ。君自身の考えを僕にぶつけて欲しいのだ」

とすぐに言葉をはさんだ。

「孔子先生は知恵を愛する者は水を楽しみ、正義を愛する者は山を楽しむ、という言葉を残しています。私は幼い頃、後者の方を尊ぶように教わりました。意味は分かったようで分からぬところもあります。そんなことはともかく、山のようにゆっくりと生き、人を愛することが人の道ということです」

岩淵は時折辛辣になり、このように知性を匂わせるような勿体《もったい》ぶった話し方をすることがある。

「考えたり知ろうとしたりすることが、まるで良くないことのように言われますね」

「頭の中だけで考えては、たえず自分を疑ったり身を守ったりするだけのことになります。あとから本心に戻って反省するのは嫌な気分です。グリフィスさん、あなたの中には、この海というか山というか対立するものがいつも攻めぎ合っているようです。苦しくはありませんか」

「だから君に相談しているのです」

議論が巧《うま》くかみ合わず、先に進まないので僕は苛立った。

岩淵は、一つ大きく息を吸いこんだ。

「通詞という仕事柄、当然に私は相手の胸の中に入り込むことはありますが、相手の心を自分の心の中に入れ込まないよう気を付けています。でもこの一年、グリフィスさんの思っておられることを、日本人にできるだけ解るよう言葉に直してきましたから、ついあなたの心と同じ気持ちになります。失礼ながら、あなたの性格を分かっているつもりです。でも心の奥底までは分かりかねます。あなたにはなれません。通詞の私には心は一つでも、舌が二枚あるのですから」

「村田様は、僕が福井を去ることを強く反対されている。さまざまな期待もされてきた。三年間というアグリーメント（契約）を理由にしておられる。藩の出費もかけている。しかし、僕の優秀な教え子たちは東京に行ってしまった。もう福井藩も消滅している。劇の科白《せりふ》ならさしずめ、契約はただの紙切れ、ペンは鵞の羽根でしかない」

「恋はまことの影法師、こちらが逃げれば追ってくる。絶体絶命ですか」

岩淵は深刻な話題に心のゆとりを僕に差し向けようとしているのか、再び冗談をとばした。そして先ほどまでの穏やかな表情を一転させ、鋭い視線を向けてきた。

「それにしても短かすぎます。日本では石の上にも三年といいます。一年にもならぬうちに、手の裏を返すように別の判断をするのは、日本ではあわて者と呼ばれています。絶えず心ここにあらず、目の前の本当のことを見ていない。このままでは、あなたは好奇心の旺盛な単なる旅行者に過ぎなくなります。ルーシさんの方がよほど正直で、ゆったり落ち着いて愉快な人であったように見えてしまいます」

解雇されて既にいない先輩のルーシ氏を引き合いに出され、僕は不快に思い、動揺した。

岩淵は構わず続ける。

「おもだった子弟が居なくなって、先生もやる気が薄れたというのは如何なものですか。千万人と雖《いえど》も吾往かんの意気込みはいかに。子どもたちは現実家です。初めは若くて珍しい唐人の先生に興味はあったでしょうが、グリフィスさんの勝ち取った人気でも、子どもたちを止められませんね」

「時代は変わったのです。この国の新しい時代を担うのは福井では不可能だ。優秀な若者たちが東京に行くのは世の大きな流れです」

僕が思わず語気を強めて言うと、

「藩にとってはあなたがすべてではありません。しかし、先生がころころと変わるのは困るのです。第一お金の無駄ですし、福井藩として沢山の無理な注文に応じたものの、継続の効果が現れないじゃないですか」

僕の雇いの外国人教師としての存在を岩淵に否定された気がした。彼が僕に対しこのような調子でものを言うのは初めてのことだ。

「私はグリフィスさんとは違って、およそ偉大な使命などとは程遠いところにいる人間です。私なんぞは今いるところに停まっているのを幸せに思うタイプの人間なので、訊ねられても困ります。あなた自身は東京で本当は何をされたいのでしょうか」

岩淵は表情を変えず淡々と話した。

僕は目の前の珈琲を一口飲むと、岩淵も同じようにするのを見ていた。

会話が途切れ、外の静けさにはっとする。部屋からの明かりがぼんやり外の暗闇を照らし雪片が絶えず落ちてゆくのが見える。

「僕は孤立無援の中で、たった一人で反抗しているしかない。僕は東京に戻りたいのだよ」

「お気持ち分かります。しかし幸い、悪いことでも良いことでも結局は一人でしか成しとげられませんよ。あなたは友人の私に意見を聞いて、少しでも従うおつもりがないとしたら、神様には好かれないでしょう」

「それはハードなご意見ですね。しばらく答えを待ってください」

岩淵は頭がいいが、元来は優柔不断な男である。何か大きくて決定的な判断に立ち向う姿をほとんど見たことがない。彼にとって何事も小事なのだ。しかし今、彼は通詞ではない。

「日本人は、はっきりものを言わない癖があります。しかし敢えてあなたに申し上げますが、グリフィスさんは、ご自分を大事にしすぎる方ではないでしょうか。言いたいこともしたいことも、思いきってできないお方。それなのに最後に大胆なことをされて、周りを当惑させる」

「僕は神に身を預けていると信じている。だからこそ自分を粗末に扱いたくない。自分の名誉のためにも家族のためにも、義務を果たしたい」

「神様からみますと、われわれは取るに足らない存在でしょうから、どこで何を為そうと気にはされないでしょう。誰でも自分を一番よく知っていると思い込み、それで失敗をして迷うことになる。しかし問題は神様に本当に心を向けておられるかどうかでしょう」

少し間をおいて、岩淵は言葉をつないだ。

「今、慌てて結論を出す必要があるのですか。本当にお迷いであれば、そんなに結論を焦らなくてもいいのではないですか。福井に何か負い目でもあるように見受けられますが……」

「ナンセンス！福井に対して貸しはあっても負債などはありません。ただ、僕の使命がもうこの場所にはつながっていないというだけです」

僕は慌てて岩淵の言葉を否定した。

「あなたは一年足らずのうちに福井の人たちの信頼を手にしました。称賛に値します。でも、東京でも同等以上のものが得られるかといえば定かではない。福井と東京はあまりに違いが多すぎます。一度決めたらもう変更できません、それでお仕舞いです。判断を間違えないようにだけはしてください」

「僕がしていることは間違ってはいないと思うのだが」

僕は自分に言い聞かせるように反発した。

「おそらく村田様は、約束は約束として守ってほしい、そのように思われているでしょう。開明的な方とはいえ、殿様に代々お仕えすることが当たり前の社会に生きてこられた方ですからね。あなたのことを残念に思っておられるのでしょう」

岩淵は澱《よど》みなく言葉を続ける。

「もし私があなたの立場なら、拙速な判断は致しません。日本の侍の考え方では、立つ鳥跡を濁さず、惜しまれながらも穏便に去るのが美しく、またそれが得策なのです」

「岩淵君、君は僕と同じ道を選んでくれますか」

僕は同意を求めた。

「グリフィスさん、私は誰に雇われているとお思いですか。私は福井藩のためにあなたの通訳をしているだけです。あなたのために通訳をしている訳ではないのですよ」

「君も随分酷いことを言うね。これまで僕も大変な勘違いをしてきたらしい」

彼と僕は決して相性がいいわけではない。しかし、これまで彼とは信頼関係を何とか保ってきた。それが僕にとって何より重要なことだと分かっていたからである。

「あなたは実はもう私を必要としていないかもしれません…。しかしお望みとあらば、これからも喜んで旅をともにしましょう。いずれの道を選ばれても同行いたします。心配御無用です、友情が第一です。結婚間もない私の妻も覚悟はありましょう」

岩淵の本心がどこにあるのか僕には分からなかった。さまざま論議をして決心の程度を確かめたかったのだろうか。しかし、彼は僕の望む答えを返してくれた。

「そう言ってくれるのは大変心強い。気持ちを同じくして、僕の考えを強く相手に伝えるようにお願いしたい」

し彼は笑みを浮かべてこう言った。

「グリフィスさん、明後日はぜひとも村田様と真剣勝負をなされ。わたしもそのつもりで通訳に全力を尽くします。村田様は、春嶽公が引き立てられた人物です。熊本や長崎に出向き、鹿児島の西郷さんにまで会って、さまざまな交渉事をまとめられた方です。どんなやりとりにも幅広く応じられるはずです」

（二）

岩淵を見送った後、僕は洋館の窓から外をぼんやりと眺めた。昨晩からの雨が朝方には上がり、陽が照ったかと思えば、午後からは再び雨となり、やがてみぞれに変わる忙しない空模様であった。夕方家に戻る頃には、一日で随分と雪の嵩《かさ》が減った気がしたのだ。今日は一月九日であるが、気付けばもう一週間もまとまった雪が降っていない。

給仕に来た佐平に話しかけた。

「佐平はいつも自分が困った時にはどうするのですか」

「お天道様には叱られないようにしています。お月様にはいつもお許しをもらいます」

佐平の当惑したきまりが悪そうな顔に、僕はこれまで世話になったことの感謝をもっと同時に、佐平の言葉の意味をあれこれ推し量った。

目が覚めた。外はようやく明るくなっている時刻であった。

一昨日の岩淵が言ったさまざまな言葉が頭から離れなかった。

今日の村田様との大事な議論の前に、いつものように講義だけはきちっとしなくてはならない。

朝食を済ませると、早目に家を出た。福井での教育は僕の使命であり、この地に居る限り、果たさなくてはならないのだ。

振り返って、周囲とは全く異なる様式の、目立つ形の新しい色の僕の邸宅をしばらく眺めた。

僕が福井に来る前から準備が進めてくれていたこの洋風の家は、藩の建築を担当したのは下級武士、寺木さんという人物だと教えてくれた。藩はこの企てに力を入れたようで、昨年彼を西洋建築の技術習得のために五十両の大金とともに外国に修行に行かせたというのだ。

半年の歳月を急ぎ九千ドルの費用を使い、九月の終わりにでき上がった。広いポーチとベランダ、紙を貼った壁、暖炉と棚、洋服ダンス、上等なストーブ、それに家中に敷きつめられた畳はすべて僕の提案をその通りに藩が実行してくれたものだ。召使いの佐平の家との間のガラスの仕切りのある通路は、巧妙にできていて感じがいい。食堂に立派なカーペット、大きな勉強机、くるみ材の書棚二組、ニス塗りの化粧ダンス、脇テーブルが入っている。

この家で福井の若い青年たちと楽しく同居し、夜遅くまで英語やフランス語、ドイツ語を教えてきた情景が蘇り、なぜか自分の子どもの頃の記憶と重なって、不意に胸が苦しくなった。

城内の一番中心に在る本丸の学校で生徒たちが待っている。

たどり着くには複雑に何重もの濠や門で構成された迷路のような道筋を進まなければならない。

自宅の前の小路を西に出て、川端と呼ばれている家老の松平主馬《しゅめ》殿の屋敷前を通り、城郭の中では南北に通じる二十ヤードの最も幅がある大名広路とそれに沿うようにつくられた内側から四番目の外濠に出た。

堀端の大名小路を北へ三百ヤード余り行く。左手にまず家老職にあったこのあたりでは最も大きな狛《こま》家の屋敷と大門、それに続く酒井家の屋敷が目に入る。その先に本多家の二つの屋敷がある。

家老たちの建物の屋根には煙突のような黒のデザインの物見櫓が据え付けられ、高く突き出ている。藩の時代には交代で城下の火事を見張るためのものであった。

狛家は、白壁に下半分が朱色に塗られた長屋門の板塀が青石の上に築かれ長く続いている。手前の門は開いている。中の様子が少し見え、人の出入りがあるものの、既に往時の侍たちの姿ではない。

本丸にたどり着くには、狛家の正面から中心に向かって四つの門と方向が変化する通りと城堀を通過しなければならないのだ。

濠を東に折れて土橋を渡り鐵《くろがね》御門をくぐる。この御門は木に鉄板を打ち付けた高さ二十フィートほどの堅牢な大門である。両側は石垣につながっている。

僕は、鐵御門の大木戸に掌を当ててみた。乾いたような古びた感触である。どれほど多くの侍たちが日々この御門を通って登下城したことであろうか。彼らを強固な木と鉄の枠組みによって日常を威圧してきた構造が消滅するのである。

この御門に掌を触れるような男たちがいたであろうか。まるでそれらは自然の風景のように彼らを取り巻いているだけで、意識の対象にはなりえなかったのかもしれない。門に手を触れるという僕の行為が、僕の存在そのもののように奇異なのであろう。

門をくぐると四角の枡の中に入ったようになり、真っ直ぐには進めず右側に開いた舎人門をまたくぐる。門を抜けると、その先にさらに三番目の外堀がある。

堀に沿い今度は南に戻るように進む。正面には北向きに岡部家、稲葉家、杉田家の屋敷が並んでいる。間もなくどの屋敷も長い年月住んできた主人たちが完全にいなくなる。

この右手の岡部豊後の屋敷が、藩の廃止によって、新しい福井の県庁舎として代用されているのである。

今日の午後は、この建物内で談判することになる。

僕がこの福井藩の城郭の、方向感覚を失わせる経路と風景を記憶に残そうと確認しているのは、この城郭の構造こそ、三百年近い封建制度の遺産そのものであり、記録して伝えるべき存在であると考えるからである。福井の人たちはそのような感覚はなく、時代が変わり平気で古いものとしてきっと捨て去るのであろう。今、僕がやらなければ、二度と顧みることのできない過去の幻になってしまう気がする。

三つの並んだ屋敷の前を通り左手に見える濠を横断する土橋の先には背の低い下馬《げば》御門がある。入口の右側には待合の細長い小屋が置かれている。馬で登城した場合はこの表門前で下馬し、門の奥の階段を登りもう一度二階構造の門を通ることになる。門の屋根は足羽山で採れた笏谷石《しゃくだにいし》を使った青く美しい瓦が葺かれている。

すぐ左に曲り右手前方に進み、太鼓御門にぶつかる。駕籠《かご》で参上する武家たちは、ここからは徒歩で本丸へ向かったのである。太鼓御門の右手に大きな七ツ蔵があり、その手前には長槍などの武具が備え付けられた小さな建物がある。最後に本丸を取り囲む内堀にかかる緩やかに弧を描いた御本城橋を渡ることになる。高く積み上げられた石垣は圧倒的であり、松平の殿様が代々治めてきたこの国の格式の高さを感じずにはいられない。城壁の右の角と左の角に三重の巽櫓《たつみやぐら》、坤櫓《ひつじさるやぐら》がある。笏谷石の瓦が葺かれ、その上に一対の赤瓦でできた鯱が光る。

松の木々の間からは本丸の海老茶色の赤瓦の屋根が見える。

橋を渡り右手の瓦門をくぐる。足元には笏谷石の青い敷石が玄関口まで続いている。玄関は唐破風の屋根を持つ格調高い構えを見せ、階を登ると舞良戸《まいらど》が引いてある。

城下に広がる濠や次々と行先に現れる屈折した御門は、簡素ながらどれも同じ趣きではなく、何度も通ったはずなのに今日は緊張感を覚えた。残念ながら去年の秋以降、いずれもその歴史を終えつつあるものばかりなのだ。

僕は日本や福井を新しいものに変えようと目論んできた。しかしこれらの風景を眺めるとき、永遠に古き良き、ゆかしきものが失われてしまい、元には戻すことのできない悲しさを抱いた。

武家屋敷地と町屋敷地を隔てた外郭の石垣や桜、柳の両御門はすでに取り壊されてしまったのだ。

中学校の教室で講義を行った。古くからの僕の優秀な教え子たちはもうほとんどここにはいない。

廃藩後、成功を求めて東京へ向かう者たちを、一体誰が引き留められようか。ただ、僕はここにいる限りは使命を全うしなければならない。

講義を終え、帰りは別の近路も選べるのだが、今日は最後かと考えて来た道を通り家へ戻った。少し時間があったので茶を出してもらう。

僕は村田様をどう説得するのか、簡潔な言葉で表せるような考え方の整理が十分できていない。結論は一つなのだが。

（三）

岩淵が裏手の屋敷からやってきた。

「そろそろ行きましょう」

気楽な話しぶりとは違って岩淵の横顔には緊張が見て取れた。

鐵御門を通って、右に折れると、正面にある建物が県庁である。

旧福井藩士の岡部家の邸宅を利用した県庁も立派な長屋門があり、屋根の左手にはひときわ長い松の木が塀の内に見える。玄関先に役人が待っていた。履物を脱いで上り、庁舎の中に入った。綺麗な小さい畳が規則正しく横長に並べられた廊下を通って、また畳の大広間に案内された。中央に大きな机が置いてある。

卓上に菓子が置かれ、次にお茶が出てきた。花器が飾ってあり、水仙である。僕は水仙の花を見て、村田様に何かお考えがあるのだと覚《さと》った。

ちょうど六日前、僕は同じ建物の別の部屋にいた。建物の入口のところで何気なく空を見上げると、厚く薄黒い雲が空を覆っていたのをよく覚えている。

僕の心が福井から離れていくことを恐れた村田様が、僕を県庁にお呼びになったのだ。はじめて村田様に会ったのは、初春の木ノ芽峠を越え福井に初めてたどりついた翌日のことであった。

殿様の脇に控え、何も語らなかったが、優しい眼差しで僕を見つめていた。あの時感じた心地良さは今でも鮮明に覚えている。以来、村田様は僕の最大の理解者であり、僭越なことに、ある意味で心の友であると信じてきた。

新政府の文部省から僕を東京に帰すよう、福井に対して要請があったのは、昨年末のことだ。現在と同額の俸給とともに東京の新しい工芸学校での教授職を用意してくれている。この条件は僕の希望に沿うものであった。僕の助言者の三岡様も福井を離れ、九月から初代の東京府知事の職にあり、僕の上京を勧めてくださっている。

福井の役人たちは、僕を手放すことに抵抗している。すでに村田様からは、福井に留まるようにとの強い意思が示された。県庁に対し県民たちが慰留の請願をしていることも知っている。そこの書面には、僕の東京行きの強い希望を承知したうえで、契約書にある三年間の任期を全うすべきであり、冷静に考えた上で良識のある判断をして欲しいと主張されていた。

（四）

この夏にとうとう藩がなくなってしまったという現実があるのだ。

村田様は藩から県になったばかりの福井の責任者であり、参事の要職にある。この一年近くの僕の努力をよく評価してくれており、彼は極めて教育に熱心な方でもあった。

彼が僕の名前を呼ぶときの音の響きは独特である。

「ウリヤム・グリッフィス君の評判の宜《よろし》を聞いており、県にとって嬉しい限り」

と静かに切り出した。

水仙が濃厚に香っている。

村田様はお茶を勧めたうえで、卓上の挿し花を指した。

「越前の水仙は絶品です。この真実を感じさせる芳香が、ずっとグリッフィス君の記憶にこれからも残ることを願うばかりです」

通訳は早口である。先方は通詞職一人と書記役が二人いるだけである。

「お目通りありがとうございました。僕の取り柄は、お約束した務めを全力で果たすことです。しかし今日はお詫びのために参りました」

心を落ち着かせて答えた。僕の英語は岩淵が日本語にする。また先方の通詞の英語を補完する。

村田様は岩淵の方にも目を配って、

「今日はゆっくり逢って話のできること、何よりと思っています。ご決意をされて、遠くこの福井に来てくれたグリッフィス君に感謝している。いまはそれ以上に、君の将来のことを心配している。どのような判断をされるにせよ、君がともかく後悔されぬよう願っている。福井の少年たちのために、ぜひとも思い止まるよう再考して欲しい」

と語りかけてきた。

僕は決心をすでに固めていたので、

「本日はお暇乞いに参りました。福井を去ることになります。僕を呼び寄せてくれる友人たちを頼って東京に戻りたい。どうあろうと一人でも行くつもりです」

と最初に結論をはっきり申し上げた。

そして、僕は再び宣戦の布告に参ったのでもなく、降伏の勧告に伺ったのでもありません――――というう本日の趣旨をお伝えした。

村田様は意に介する様子もない。

「古い言葉でたとえるならば、まこと貴殿は春秋に富む方、だが春夏秋冬、すべての季節を福井でまだ一度も過ごしてはおられぬ。ともあれ判断がいささか早すぎますな。これでは折角《せっかく》の君の努力が水の泡となりましょう」

岩淵は、村田様の言葉を、耳元でささやくように解釈をまじえて彼なりの英語で訳してくれる。

「僕は間もなく三十歳になります。自分の時間を大切にしたいのです。自分はもう若くはなく、ずいぶんと年を取ったように感じています。お笑いにならないように」

とありのままに心境を述べた。

「そうした気持ちは分からぬでもありません。拙者は文政年間の生まれであり、四十、五十歳と節目節目で自分はもう年をとったと思いましたが、さらに年を重ねると、あの時はまだ若かったなと思うのです。そのくり返しなのです」

僕は無言のまま頷いた。

「この頃は特に目先にとらわれず長い目で見なければならないと自分に言い聞かせています。自分の一生の後の時代ほど、良い仕事ができれば良いと思っています」

村田様は僕の身の上について、次のようにあくまで現在形で述べられた。

「日常でお困りのことがありますか。遠慮なく言って欲しい。しかるべく指図をします。金銭面の不足やご不便なこと、でき上がったばかりの君の新築の家の住み心地のこと、学校の設備や生徒のこと、無礼なことがなきようするつもりです」

僕はこれまで何も困ったことはなかったと返事し､その先の話に広がらぬよう､慎重な言葉を使った。それから後の会話は、僕の生活や学校での様子などについて、一つ一つやりとりが続いた。僕は会話の途切れたところで茶をいただいた。

畳を敷いた廊下側の障子に陽が射して明るくなり、目をやった。村田様も同じように目をやった。

庭の外は城壁がきのうの吹雪によって雪をかぶり、石組み形に雪の模様ができているのを見た。松の枝は雪の重みで下方に垂れているのだろう。

極寒の冷気は僕に決然とした意思決定を促している。


村田様は、僕にとって一番気にしている問題に話を向けてこられた。

「グリッフィス君、ご案内のように、契約書では次のように決めてある。君の魂が不幸にして神に召された場合、ないしは病いで任務が果たせなくなった場合、これらの場合を除いて三年を経過しなければ、福井を離れることができぬ立場にあります。この度の申し出、まこと合点のいかぬことです」

僕はこのとき飛躍した気持ちになった。気持ちを高揚させてしまった。僕は根本の問題に主張を突進させ、反論することになった。

「僕は自由です。何ものにも僕の意思は制約を受けません。もちろん契約は尊重しますが、あくまで自由な立場が前提です」

村田様は頷きながら、

「自由といえ不自由といえ、積極的な行動にはつながらぬ見方ゆえ、さほど意味の違いがあるものでもありますまい。拙者のこのような考え方は、君の宗教の教義においては論外の主張でしょうか」

先方の通詞の翻訳も錯綜し混乱してきた。僕が沈黙していると、村田様は話の筋をもとの話題に戻すようにして言われた。

「約束した誓いは、紳士としてしかるべく守るべきであります。互いに信義というものがまこと第一であります。実を言えば、われわれは契約というものはさして重視はいたしておりませぬ。契約は最小限の礼儀に関わること、つまり金銭面のこと書かれているに過ぎないからです。実はそれ以上のことが念頭にあるのです」

僕は、岩淵の通訳のいつになくぎくしゃくした調子を耳元で聞きながら、さまざま考えた。

法廷で自己の弁明をするような気分になった。

「契約したことの大前提がひっくり返ってしまったのです。事情が変更したのです。僕の身にもなってください。殿様は福井を去ってしまわれました。教え子たちの青年の多くも東京に行ってしまいました。これからも去り行く子どもたちの数が増えるでしょう。僕のなすべきことがなくなったのです」

「これからも福井の子どもたちはどんどん生まれ、育ちゆきます」

と静かに語られた。

「その通りです。彼らの多くは東京に出て、高度の教育を受け、人材として重宝される時代になります」

「いやいや、そういう趣旨ではありません。侍の子どもたちがいなくなっても、わが福井から優秀な庶民の子どもたちが次々と育ち地元で生きてゆくであろうことが将来の希望だと私は申し上げたいのです」

僕は、村田様の言葉を、自分の都合に合わせて聞いていた。彼は全く反対の当たり前のことを言ったのだ。岩淵も間違って通訳はしていない。僕の誤解であり、やや返答に窮した。

「申し訳ないことです。しかし僕は、村田様と契約した訳ではありません。松平の殿様と契約しました。その殿様はもういらっしゃらないのです。僕としてはもうこれが限度かと思います」

「わが福井藩、いや福井地方政府は、藩が廃されても変わりはなく、存続しているのです。革命や内乱が起こっている訳ではなく、われわれの方からグリッフィス君との契約を返上すべき事情は全然ありませぬ」

村田様は、角張った面持ちにやや笑みをうかべて、深く息をついだ。

「人間到る処青山あり、君にとって福井は都も同然、人の値打ちが処によって変わるはずもない。人は自己の良心に誓って務めを果たすもの。われわれは損得のため約束など結んではおりませぬ。いかなる些細なことであれ、一度《ひと》び《た》誓ったことは違えぬことが生き方なのです。このことを何卒分かって頂きたい」

彼は言葉を終えたときに、口元をぐっと締める表情を見た。

今日の僕は準備が足らなかった。

仕方なく僕はぎりぎりの反論をした。

「福井でなすべきことの全部を行いました。残念ながら宗教は布《ひろ》めることはできませんでしたが。福井を去ることが神のご意思だと信じます」

村田様は遠くに目をやり、また僕に目を向け、

「あなたの神様はまこと急勝《せっかち》ですな。日本の神仏は何事にもよらず、かかる急ぎはいたしませせぬぞ」

と言われた。

僕はこれまで日本人の無原則な考え方や生き方に不信の念をいだいていた。しかし今、初めて容易ならざる手強い問答にあって、苦しい圧迫感を味わっている。

「グリッフィス君、神様は魂の救済には関心をもっておられるでしょう。しかし誠実な働き方や親切の尽くし方などは、人間同士の事柄であり、互いに話し合って解決を図るべきこの世の問題です」

村田様はなぜか僕に対し一方の契約者というような態度は全く示さない。どういう結論になろうとも互いに良き方に導きたいという語りぶりである。西洋の理論が押されている――。

さては、僕の信用が傷つかぬよう、またそのことが福井の信用に関わり、双方の信義が保たれることが大事なことだ、と考えておられるのだろうか。

水仙が僕の今の感情とは無関係に強く匂ってきた。

「当座は良いことだと判断されても、後に良い結果となるかどうかは分からぬことが多いもの」

「あなたの指導者やあなた自身が是非にと願う考えは大事だとしても、思いがけぬ他人から言われた奇妙に思える考えより劣っていたという体験をしたことはありませぬか。あなたはどなたの声に心を傾けておられるのでしょうか」

「フルベッキ師の助言が万能とは限りませんよ。心が動揺し気が滅入っているときには、えてして恩

師と一緒になって安心感を得たいと思うのでしょう」

まだ半分以上残っている茶の器に手を添えたが、すっかり冷めてしまっていることに気づいて手を引いた。

僕は黒味を帯びた着物に包まれた村田様の太く頑強な首のあたりに視線を置き、再び傾聴した。

しかし、彼は穏やかな顔になり、

「卒爾ながら…」

と話題を変えた。

「婚約者が母国か東京におられるのですか。福井に思いの女性はいますか…。かつて英学を教えたルセー君のような男も居ましたし、目の前に君のような堅物風の青年もおられる。もし君がいなくなったとしたら、別の若者が教師としてやってくるかとは思う。しかし、私としては君に居なくなって欲しくはないのです」

議論の出口が見えず、結論が得られないことに僕は焦《じ》れていた。止むなく原則論に再びすがった。

「僕のいうべきことはすべて申し上げました。何度も言いますが福井藩はもうないのです。それに村田様は、先ほど契約を重視しないと言いました。だが結局のところは、根拠の乏しいただの紙切れによって僕を拘束しようとしています。そんなもので、僕の自由を奪うことは決してできません」

村田様は僕の主張を聞いても、顔色ひとつ変えることなく、ややあって微笑んだのち、侍の口調に変えられた。

「貴君も神に仕える身、これ以上とやかく申し上げたくは存ぜぬが、両者の取り決めは生身の人間同士ではなく、心は神仏に誓ったものでございませぬか。人と人との関係を越えた事柄と申すべき。百歩譲ったとしても、日本とアメリカとの間で守られるべき物事。藩が突如なくなり県に生まれ変わり、拙者も県を預かる責任ある立場となりましたが、日本やアメリカが消えるわけではござらぬ」

岩淵の補って訳してくれる英語も日常表現から離れて、フォーマルな言葉使いになった。

「何を為すにも約定を違えては、神が貴殿の行く先々に祝福を与えてくださるとも思えませぬ。今般の貴殿の申し出、十分承ったが、拙者を談破しかねる筋合のものであり、御自身の為にも再考なさるが得策かと存ずる。小事、大事に拘《かか》わらず誓いを守らぬことは最もわれわれ恥とすべき事柄にて候のこと。貴国においても罷りならぬこと又しかり。御自身で篤《とく》とお考えなされ」

と言い放った。

僕はあれこれと論じたくなり思案をしたが、残念ながらすぐに返す力のある言葉も思い浮かばず、しばらく思いあぐんだ。

村田様も沈黙の時間を尊重されていたが、ご自身からこの難しい詰問をお引きとりになった。

「かりそめに東京に戻られようとも、あくまで約定は約定として遵守なされ。かかることで異存はありませぬな。ご返事には及ばぬ」

と念を押すように断言された。

僕は岩淵の方に眼をやったが、彼もほとんど何の為す手だてもないような表情を見せた。

仕方なく、

「考えに至らぬところがありました。承知致しました。そのつもりで東京に参りたく思います。ただし戻ってまいります時期は、この場では即答致しかねます」

と答えた。村田様は、ただちに答えを返された。

「宜《よろし》かろう」

これが村田様からの、本題についての最後の言葉であった。

ずいぶんと長い時間が過ぎたように思った。この間、部屋の中は陽の明りが射し込んだり、陰ったり、また明るくなったり、何度も明暗が入れ替わった。

急にザザーっと音がした。

積もった雪が松の下枝から煙を上げるように落ちたのであろう。

「芝居の垂《しず》り雪ですな」

村田様は静かに仰《おっしゃ》った。

続いてまた大きな音が聞こえた。

紅茶が出され、しばらく差し障りのない話になった。岩淵はずっと微妙なところの通訳を補ってくれた。疲れた顔をして見せ、嬉しそうではなかった。

終わって村田様と握手するつもりでいたが、彼は静かな物腰で会釈を返した。

僕が別れの言葉に迷っているうちに、村田様は言い忘れたかのように話された。

「彼の名前は聞いておられよう。拙者の無二の親友に橋本左内という好男子がいました。初めての藩校である明道館で御用掛を務めた私の前官です。君と親しい橋本医師の長兄にあたることはご存知でしょう。彼は優秀なだけの人間ではなかったのです。何よりも信義を大切にしました。殿様に忠誠を誓い、この国を本気で変えるつもりだったのです。安政の大獄に羅織されました。君よりもさらに若い年で…十三年前のことです。いまわれわれが渦中にあるこの新政府の形を構想したのは橋本君です。グリッフィス君が先ほど申された自由のことも…」

村田様は言葉をつまらせた。

橋本が語った言葉を彼はいつも心の中で反芻《はんすう》されておられるのだろう。そのためだろうか、途中までよどみなく言葉にされた。


談判が終わって自分がこんな立場と心境になるとは思いもよらなかった。

僕は村田様のことを簡単に考えていた。準備していたことをすべて話したが、完全な自由を手にできなかった。ただ、当座をしのぐことができ、肩の荷が下り安心をした。

期日の定めがない口約束など、どれほどの意味があろうか――。しかし侍なら二言はないのだ。必ず約束は果たさなければならない日が来るだろう。

三日後、僕はあれこれ考えた挙句、マギー姉さん宛の手紙に出来事の顛末を詳しく書いた。書くことが沢山あった。姉さんには理解できる事柄かどうかは疑問に感じた。そして自分があまりに母国とかけ離れた環境にいることを改めて痛感した。

「その日の僕と雇い主との戦闘は、棍棒でなく細長い両刃の剣を使う戦いであった、僕は契約上の議論に勝って彼らの面倒な言い分を押し返すことに成功した」

と姉への手紙に書いた。

しかし手紙を書き終わって、自分に嫌気を催した。マギー姉さんにこのような出来事を伝えて、彼女から慰めや同調を求めているのではないかと思ったからだ。そして、僕は自分の前途を結局一人で決めてしまったことに後悔を覚えた。

僕は去年の三月、雪の峠を越えるとき、三年間の自己追放の決意をしていたはずであった。だが、どうしてなのだろうか。いったん一方の把手《とって》を自分で選びながら、すぐに他方の把手が良いのではないかと思案して、持ち替えてしまった。しかも、またこの片付けたつもりの選択に迷いが生じ、最初に選んだ把手に憧れている。

奇妙な心の持主よ。こんな悪い癖や気分は、頭の外へ放り出した方が良いのだ。きわどい刃の上を渡っていると勘違いをしているのかもしれない。後で考えるなら、こんなことは詰まらぬ迷いに過ぎなくて、どっちでもよいことなのだと思いたくなる。それよりも周りの人たちに自分が良心をもって応えていたかの方がもっと重要だ。そのことが神のご意思に従う道だからだ。

それにしても僕は日本の奥地に従軍したつもりだが、本当の使命を果したと言えるだろうか。

ウィリーお前は従軍記者でしかないのでは。ましてや単なるリポーターではなかったろうな——。自分の決断が福井の人たちの尊敬の念を奪い去り、彼らを傷付けてはいないか。東京において僕はどうなるのだろう。見棄てられてしまうだろうか。それだったらまだしも、もっと良くないことが起こるかもしれない。いや何も起こりもせず、周りから見向きもされず、忘れられる人物にすらならないことだってありうる。

僕は自分で自分をロマンチックな性格と認識してきたが、どう考えてもロマンの欠如だ。若い娘を何のために雇ったりしたのか。女一人さえ愛することができなかった。福井の何が気に入らないのか。アメリカ人だからこそできることがあるはずなのに、ちっとも福井の人たちの励ましの力にならなかった。

このことを忘れるな。つまらないことを日記に書くぐらいならこのことを忘れないように書くべきだ。お前は教師でもなく、売文家だ、出納係だと言われたらどう返事ができるか。

それから二日後、僕は雪が強風に舞う福井を去り、一月の雪の峠越えをしている。

僕が神に特別選ばれた者かどうかは僕には分からない。

もし選ばれた者としてあの福井で十ヶ月を過ごさせていただいたのであれば、幸いだ。そして選ばれた者には、世間的な試練が軽められたり、幸せが約束されるわけではなく、むしろ神から見棄てられた者たちよりも、より大きな試練を僕に要求されると思う。

なぜ僕は福井にやってきてまた去るのか。一つひとつ原因があり、またその前の原因が僕の心の中に苦しくつながってゆく。限りなくありえた可能性――。この〝もしも〟の連鎖が僕の反省であり、僕の人格そのものである。

だが逆に将来の可能性の連鎖を想像し、その選択に心を向けなければならない。

僕は神の眼から見ればとるに足らない存在である。しかし、神から一顧だにされない存在ではなく、僅かながらも使命を賜った者の一人だと信じたい。

目先ではなく少しでも長い目で自己を見つめることこそ神の喜び賜うところであろうし、僕も自分の一生を長い視野でとらえたい。僕が将来、神の御元に召されるまでに、福井の人たちが僕が福井に生きたことを憶えておいてくれたら、それは神の御意思に僕がつながっている記しとなるだろう。

（完）

解説──まといつく「憂」の気流

山下　英一

（一）

誰か来たようだ。「西川です。先生にこれをあげてください。グリフィスのことは先生がお書きになったものですべて読みました」と言って家内に何か渡すと、客は帰っていった。渡されたものは新書の大きさで、表紙に『憂い顔のグリフィス先生』と記してあり、匿名になっていた。しかもその一冊は手製で上手にできていた。

実はこの解説を担当する山下英一は、西川一誠さんと恩師、教え子の間なのだ。西川さんは福井県知事を四期務め、これまでの事業の集大成を目指して五選出馬を表明、その公示日のことであった。

文学が何よりも性にあって、人生の喜びとしている西川さんに、「何か自分でも創作の試みはないか」との私の冗談めいた問いかけに、平然とのってきた。その快さに、人柄の実に、素直ではったりを犯さない人格を見た。

選挙戦は激しいらしい。小説にそれが現われる。山下の印象では不利にまわっているようだ。急いで作品を読んで手紙を書いた。

間もなく手紙が最後の一冊とともに送られてきた。『憂い顔のグリフィス先生』と題した原稿には巻末の部分に筆を入れた跡があり、あきらかに西川さんの「あとがき」ともとれる感想が、へばりつくように残っていた。本書に描かれたグリフィスの憂いには西川さんのそれを思わせる、涙なしには読むことができない上に、グリフィスが一九二七年福井を訪問した時の別れに残した「love me long（いつまでも私を忘れないでいてほしい）」と同じ意味の、福井県民に対する西川さんの心のこもったお礼がにじみ出ていることを見逃すことはないであろう。

電話が鳴った。「本にしますよ」。受話器に飛びついて、その声を西川さんからと知るや私の第一声をさもありなんと思っていたようで「やはりそうか」のつぶやきを聞いたと思う。もういっぺん読んでみるといったあと、解説は山下先生に頼むといって電話は切れた。

西川さんのそれが本意かどうか。本にする決意をよく考えたにしては意志の発露が弱い。そして覚悟を決めた一言がほどなく届いた。

一枚の短い手紙に若干の手入れをした跡があり、「御収め下さい」、すなわち私に任せるという意味の言葉が続けてあった。「しばしのお別れです」、長身の背を伸ばしてすっくと立っている姿を思い描くと、西川さんの意気込みを感じないわけにはいかなかった。

ところで、欧米社会に通用する格言に「Nobless oblige（ノブレス・オブリージュ）」というのがある。

それは身分の高い人は立派に振る舞う義務があるという意味である。西川さんの知事としての仕事は神に選ばれた一人として恥ずかしくない存在であったと信じてよい。

知識はそれだけでは生気がない。肝要なのは知識を想像、直感、人間性に生かすことだ。

グリフィスが遺した著書はそういう一冊であり、そして読者は、実はそこから自分について考え始めるのである。

（二）

西川さんは知事であった二〇〇九年『「ふるさと」の発想』（岩波新書）を出版した。福井県内にいてふるさとへの愛着・愛情を感じると共に、東京などの都会に対して地方を「真の社会」と呼んだ。地方独特の文化を発展させ、地方に住む人に自らの個の力を高めてもらい、その個の集まりを力に真の人間社会の再生を目指すというのが西川のいう「地方の力」である。

小説の主人公グリフィスは一八七一年に米国から福井に渡ってきた、言うまでもなく実在の人物である。三月から翌年一月まで福井藩で理化学教師のお雇い外国人として働いた。東京ではフルベッキ大学南校教頭の、福井では教育の大参事・村田氏寿の指導を受け、国内旅行で見聞を広めた。

短い日本生活であったが帰国後の一八七六年、日本滞在の経験をもとに日本の歴史と生活体験を記述した。日本人の生活に入って書かれた通信文などは福井が中心になっている。六二五頁にのぼるこのグリフィスの大著は『ミカドズ・エンパイア（The Mikado's Empire）』、別名『皇国』と呼ばれる。

そもそも私、山下は「憂」という言葉がお雇い外国人にまといつくとみなした。拙著『グリフィスと福井』(福井県郷土新書5、一九七九年)のまえがきで、これら外国人の表情に島崎藤村の「椰子の実」にある流離の憂を持つと見た。同じように西川の小説には最初から「憂」の気流が及んでいる。

グリフィスは福井の自然の美しさに感動した。日記には毎日その日の天気が記録してあった。しかし十一月も末になると「外は雨。家から手紙がこない。神戸から器具が着かない。無為に過ごした。『ピックウィック』を読んでわずかに心を慰めた。」。例えばこんなところにも「憂」の現れを見ることができるであろう。

グリフィスが福井に赴任する前の一八七〇年七月には、天皇制の下での廃藩は予想されていた。その上、明治教育の管理体制など中央集権化による封建制の破壊に目覚めることができた。グリフィスが教えの中心と考えていた実験所(laboratory)建設の遅れ、福井でよく話し合った、誰よりも親しい三岡八郎(由利公正)の上京などが、グリフィスに辞める気持ちをわき立たせた。ついに「三年契約」を介して村田氏寿と、行く、行かせまいの烈《はげ》しい口論になった(本書第七章)。

(三)

西川さんの小説では、通訳・岩淵竜太郎を間において慎重に相手を説得する必要がある以上、二人の言い分に相手の事情も十分に考慮して書かれている。

しかし、この小説で語られる秀逸な言葉は、雨の夜の散歩中の痛烈な文学談義であった。「君、外国語を学ぶのは結局、その国の詩が分かりたいからだろう」（本書九九頁）などはその一片である。何を隠そう。山下は大学で英文学を学んだ経歴があって、シェイクスピアの勉強に興味を持ち続けてきたが、この興味は何よりも大事なものであって人間性を高めるために最も大切なものであっただろう。

ルセーと散歩の途中、二人はシェイクスピアを語りあった。英国人にはなじみ深いフォルスタッフが出てくる。若いヘンリー太子も放蕩仲間の一味だったが、ヘンリー五世として即位すると、もはやフォルスタッフの言いなりになるかつての太子ではなくなり、融通が効かなくなる一例があった。四年間の日本生活を経験し、上手な日本語を修得するほど知識欲のあるルセーが、文学に通じるグリフィスとシェイクスピアを論じ合っても何ら不思議ではない。

また、グリフィスに仕えて身のまわりの世話に雇われた日本の娘に、心の接近から情欲の誘惑（temptation）があった。グリフィスは日本で働くことになっても元婚約者のエレン（オルバニーの協会の牧師の娘）とはどうしても別れられず、日本にいる間にもエレンへの愛情の手紙を送っていた。「白山登山記」の章は、西川さんが日々感じている自然観、日本の自然の美しさを文章として楽しみ、安心感の中にも繊細な自然描写を試みた。それは十分に読まれるべき形となった。

ところでこのような言葉がある。

「なにごとも終わりがあるということはよいことである」。私の大学の恩師が残した名言の一つである。西川さんのことを思うと、ふとこの言葉が思い出されるのである。もう終わったのだ。しかし何かいいこともある。

私の恩師は東京の大学を七十歳で退職すると我孫子《あびこ》の住居と庭園の椿の木を故郷の鹿児島志布志《しぶし》に移し、そこに広大な椿の園を造り、連日その世話をして満足であったと聞く。

「福井で初めての春には、庭のあちこちに植わった椿が娘の恥じらいのような赤い花と、汚れのない無垢な白い花を咲かせたのである。」（本文一五二頁）

これまでの山ほどあった仕事からすっかり離れる。そして本当にやりたいことをやったらどうか。西川さんの今度のグリフィス小説の特色は、人物描写が巧みな会話で綴られていて、人物の心情は流れて読者にとどき、風景も美しく生気を帯びて蘇ってくる作品になっているのではないか。

納涼の季節が来て、夕涼みに団扇片手にまちの人が集まってくる。中には軽い夏姿の男に浴衣姿の娘さんの群れが続いていく。少し緊張している娘らが何かしゃべってゆっくり歩いていく。グリフィスの後ろから、浴衣着で丈高く細身の七十代の男性が仲間と語り合いながらゆっくり流れていく。

今のは劇作家か、否、または役者であるか！

誰か？

山下は夢を見ていたのだ。グリフィスが主人公の小説に、山下は寂しい気持ちを味わうとともに、何か温かいものを感じ取っていた。

（やました えいいち／グリフィス研究家）

人物解説

グリフィス【William Elliot Griffis】（一八四三〜一九二八）米国の教育者、キリスト教の牧師。フィラデルフィア生まれ。ラトガース大学卒。明治四年（一八七一）フルベッキの紹介で福井藩の明新館で理化学教師となり、のちに大学南校で教える。帰米後、講演や著述で日本を紹介。愛称ウィリー。著作『ミカドズ・エンパイア（皇国）』『伝記（ヘボン伝ほか）』『ザ・ミカド』『日本昔話』など。

今立吐酔《いまだてとすい》（一八五五〜一九三一）藩校明新館でグリフィスに理化学を学ぶ。ペンシルバニア大学卒。グリフィス著「皇国」の執筆を手伝う。著作「THE TANNISHO（英文歎異抄）」。

岩淵竜太郎《いわぶちりゅうたろう》（生没年不詳）佐倉藩士。大学南校出身の通詞。グリフィスに同行して福井を去った。

エレン【Ellen G. Johnson】（生没年不詳）牧師の娘。二人は婚約したばかりで、グリフィスが日本に行くことになり婚約を解消しなければならなかった。

オルウイワ（生没年不詳）十八歳の娘。作家ローゼンストーンの作品にも登場する。グリフィスの世話人。文中は「里和《りわ》さん」。

日下部太郎《くさかべたろう》（一八四五～一八七〇）福井藩士。慶応三年（一八六七）藩第一号の海外留学生としてアメリカのラトガース大学に入る。卒業目前に二十六歳で病死。本名は八木八十八《やぎやそはち》。

グラント【Ulysses Simpson Grant】（一八二二～一八八五）米国の軍人・政治家。南北戦争で北軍総司令官。第十八代大統領。

コールリッジ【Samuel Taylor Coleridge】（一七七二～一八三四）英国の詩人・批評家。ワーズワースとともに「叙情民謡集」を著し、英国ロマン主義の先駆となった。

サー・アーネスト・メイソン・サトウ【Sir Ernest Mason Satow】（一八四三～一九二八）英国の外交官。公使館の通訳、駐日公使を務め、英国における日本学の基礎を築いた。

酒井外記《さかいげき》（生没年不詳）福井藩家老。松平主馬らと守旧派に属した。酒井の屋敷はグリフィスの家が新築されるまで仮住居となり、ルセー、岩淵の家もこの屋敷内にあった。

佐々木忠次郎《ささきちゅうじろう》（一八五七～一九三八）昆虫学者。佐々木長淳の長男。藩校明新館でグリフィスに理化学を学ぶ。国蝶オオムラサキの属名ササキヤにその名をのこした。

佐々木長淳《ささきながあつ》（一八三〇～一九一六）福井藩士。佐々木忠次郎の父。慶応三年（一八六七）藩命により渡米、武器類の買い付けをした。通称は権六《ごんろく》。

サミュエル・ジョンソン【Samuel Johnson】（一七〇九～一七八四）英国の文学者。著作「英語辞典」。

田端お文《たばたおぶん》（生没年不詳）佐平の息子、佐太郎の世話係。グリフィス夫妻が昭和二年に来福したときに再会している。

手島精一《てじませいいち》（一八五〇～一九一八）教育者。米国に留学。東京高等工業学校校長。フィラデルフィア万国博や内外の博覧会に関わった。

中根雪江《なかねせっこう》（一八〇七～一八七七）福井藩主松平慶永の側用人。将軍継嗣問題や公武合体運動で活躍。明治新政府では参与。著作「昨夢紀事」。

中村禄三郎《なかむらろくさぶろう》（生没年不詳）福井藩士。明治三年（一八七〇）七月お雇い外国人ルーシの寄宿の警護に当たり、同四年グリフィスの警護に当たる。二十五石五人扶持、権小属。

橋本左内《はしもとさない》（一八三四～一八五九）福井藩士。将軍継嗣問題で一橋慶喜を擁立。安政の大獄で刑死。著作「啓発録」。

橋本綱維《はしもとつなつぐ》（一八四一〜一八七八）福井藩医。橋本左内の弟。明治の陸軍事医総監・子爵の橋本綱常はその弟である。

フランクリン【Benjamin Franklin】（一七〇六〜一七九〇）米国の政治家・科学者。独立宣言起草委員。「Time is money.（時は金なり）」は彼の名言。

フルベッキ【Verbeck, Guido Herman Fridolin】（一八三〇〜一八九八）オランダ改革派教会宣教師。お傭い外国人を斡旋。明治二年（一八六九）東京に招かれ大学南校教頭。新政府の顧問として外交面で活躍。

ホーソン【Nathaniel Hawthorne】（一八〇四〜一八六四）米国の小説家。清教徒的立場から罪悪と良心の問題を象徴的に描いた。著作「緋文字」。

マーガレット【Margaret Quandril Clark Griffis】（一八三八〜一九一三）第一大学区東京女学校の英語教師。グリフィス七人の兄弟姉妹の長女。弟グリフィスのよき理解者・協力者。

松平主馬《まつだいらしゅめ》（生没年不詳）福井藩家老。藩の門閥として指導的立場にあった。別邸・三秀園を築造。グリフィス夫妻が昭和二年に来福した際、今立吐酔が三秀園を案内した。

松平茂昭《まつだいらもちあき》（一八三六〜一八九〇）福井藩主松平家十七代。廃藩により藩主の座を失った。

松平慶永《まつだいらよしなが》（一八二八〜一八九〇）第十六代福井藩主。安政五年（一八五八）大老井伊直弼と対立して隠居謹慎。政事総裁職。号は春嶽。著作「逸事史補」。

三岡八郎《みつおかはちろう》（一八二九〜一九〇九）横井小楠の思想に共鳴。明治元年（一八六八）五箇条の誓文の起草にあたる。同四年初代東京府知事に任命された。後の由利公正《ゆりきみまさ》。通称は石五郎。

ミットフォード【Algernon B. Mitford】（一八三七〜一九一六）英国の外交官・著述家。公使館書記官として明治維新後の新政府との外交交渉に尽力した。

村田氏寿《むらたうじひさ》（一八二一〜一八九九）福井藩士。大参事。著作「関西巡回記」など。

横井左平太《よこいさへいた》（一八四五〜一八七五）横井小楠《しょうなん》の兄・左平太時明の長男。長崎でフルベッキに英語を学び、慶応二年（一八六六）弟の大平とともに渡米、ラトガース大学グラマースクールに入学し、グリフィス知遇を受ける。

横井小楠《よこいしょうなん》（一八〇九〜一八六九）江戸時代後期の儒者。肥後熊本藩士。福井藩主松平慶永《よしなが》の藩政顧問となり、藩の富国策を指導。新政府のもと京都で参与となるが明治二年（一八六九）一月五日暗殺された。著作「国是三論」など。

横井大平《よこいたへい》（一八五〇～一八七一）江戸時代末期（幕末）の熊本藩士。横井小楠の甥にあたり、兄佐平太と共に米国に密航。日本初の官費留学生となる。無理な生活で病を得て帰国。後に熊本洋学校設立に努力した。

ワシントン・アーヴィング【Washington Irving】（一七八三～一八五九）米国の小説家。著作「スケッチ・ブック」中に主人公「リップ・ヴァン・ウィンクル（Rip Van Winkle）」が登場する。

[著者略歴]

西川一誠（にしかわ いっせい）
一九四五年生。京都大学法学部を卒業後、旧自治省から福井県副知事を経て、二〇〇三年同知事に初当選、二〇一九年まで四期務めた。いわゆる「ふるさと納税」制度の発案者。著書『「ふるさと」の発想―地方の力を活かす』（岩波新書）。

山下英一（やました えいいち）
一九三四年生。明治学院大学文学部英文科を卒業後、福井県立高校の英語教諭、中部大学国際関係学部教授を歴任。グリフィス研究の第一人者。著書『明治日本体験記』（平凡社東洋文庫）、『グリフィスと日本』（近代文藝社）ほか。

[協力者]

福井廢藩秘話を伝える会
代表　山下亜津子
安野辰己
明珍博子
柏谷敏晴
吉田智史

（順不同）

福井《ふくい》廢藩《はいはん》秘話《ひわ》

憂《うれ》い顔《がお》のグリフィス先生《せんせい》

2019年12月1日　初版第1刷発行

著　　者　西

監修・解説　山下　成

発　行　所　福井廢藩

発　売　所　能登印刷出

〒920-0855
石川県金沢市武蔵町える会
TEL（076）222-
FAX（076）233-2

装　　幀　明珍 博子
本文組版　ワープロセンターホープ
印刷・製本　能登印刷株式会社

ISBN978-4-89010-759-9 C0093